나의 만다라

2024년 11월 18일 인쇄
2024년 11월 25일 발행

지은이 고미선
펴낸이 손정순
펴낸곳 열림문화
　　　　주소 제주특별자치도 제주시 청귤로 15
　　　　전화 (064)755-4856
　　　　팩스 (064)755-4855
　　　　이메일 sunjin8075@hanmail.net
　　　　인쇄 선진인쇄

ISBN 979-11-92003-51-1
값 23,000원

※ 이 책은 2024년 한국문화예술복지재단 기금 일부를 받아 제작하였습니다.

발자취를 따라나선

나의 만다라

고 미 선

포토기행수필집

삶을 위한 용기의 글

꿈만 같았습니다. 깊은 병에서 허덕이다 의료진의 치료를 마치고나자 허무한 생각이 먼저 찾아왔습니다. '내가 이대로 죽는다면 어찌 될까'로 시작하여 미래를 예측할 수 없는 불안에 떨었습니다. 독한 항암과 방사선으로 구토를 일삼으며 예전의 건강한 내가 아님을 알았습니다.

구세주처럼 나타난 손회장님께 감사드립니다. 비행기를 탈 수 있을지 걱정스러워 하던 차에 국적기로 소규모여행을 겪어보자며 나선 길이 스리랑카였습니다. 새로운 견문을 넓혀 나가며 에너지충전 하는데 적격이었습니다. 열흘 여행과 사진으로 남긴 일은 여행작가 잡지에 3년이나 연재할 기회가 되었습니다.

미얀마의 인레호수에서 접한 종교문화와 롱넥 부족이 살아가는 호숫가 부족의 삶도 나를 깨우쳤습니다. 질병은 더 나은 삶을 위한 용기를 주었고 성인의 발자취를 따라 나서는 길이 되었습니다.

치앙라이에서는 숲속의 부족에게 학용품을 전해주려고 트렁크에 챙겨가면서 문득 나의 어린 시절을 회상했습니다. 의상과 머리에 검고 붉은 여인들에게서 또 다른 세계를 이해하게되었고, 마지막 남은 롱넥부족이 되기를 바라는 마음에 사진 촬영하는 자체도 미안했습니다.

　티베트를 향했을 때는 백거사에서 만다라를 찾아내곤 목울대를 적셨습니다. 산소조절이 자동조절되는 하늘열차를 타고 달라이라마가 한 달간 걸어서 다담살라까지 피신을 떠났던 눈 덮힌 벌판도 보았습니다. 세계 최고봉의 호숫가에서 고산소증에 허덕이다 주사를 맞았던 일도 행복한 자연환경에 살고 있음을 느끼지 못하며 일어난 일이었습니다.

　부디 이 한 권의 포토기행집으로 인하여 힘든 사람에게 용기를 주었으면 합니다. 건강상 찾지 못할 곳에 위안 삼으며 한 페이지씩 넘겨주신다면 10여 년간 묵혀온 자료를 풀어헤치는 데 여한이 없겠습니다. 발자취를 따라나선 「나의 만다라」에 묶어진 사진으로 인하여 부모 공양의 참 의미를 깨달았습니다.

　「우주를 품은 사랑」 표지화를 제공해 주신 강명순 화백님께 고마움을 전합니다. 그동안 뒷바라지해온 가족에게 감사의 글 대신합니다. 저의 글을 사랑해주는 모든 분께 고마움을 전합니다.

2024. 11.

예린재에서 고미선 드림

차례
—
발자취를 따라 나선 **나의 만다라**

Chapter_ 1

스리랑카

Chapter_2

중국·베트남·태국

Chapter_3

티베트·네팔

차례
—

발자취를 따라 나선 **나의 만다라**

Chapter_4

미얀마·라오스
말레이시아·캄보디아

차례
—
발자취를 따라 나선 **나의 만다라**

Chapter_5

인도

차례
—

Chapter_6

불교방송 대담

Chapter_1

스리랑카

스리랑카를 찾아서

비행기를 탈 수 있는 상태가 되자 불국토를 찾아 실컷 기도하고 싶어졌다. 참 기도는 어떤 것인지 다른 나라의 불교관에 대해서 궁금증이 깊어만 갔다. 생과 사는 무엇이며 멸할 때의 참모습은 어떻게 해야 하는지 두려웠다. 다른 사람보다 죽음이 내 앞에 먼저 왔다는 무게감에 억눌려 있었다. 이젠 다시 한번 찾고 싶은 나라가 되었다. 꽃 공양에 주력하는 스리랑카인을 보면서 내 마음의 평정을 되찾았다.

2017/11/06

스리랑카에 갔다. 인도가 불교 발상지이지만 스리랑카를 먼저 나의 버킷리스트에 올린 사정은 2005년부터였다. TV영상을 통해 유네스코에 등재된 문화유산이 많다는 점은 호기심이 났다. 거대한 부처로 조성된 일은 동굴 속의 부처상과 나라 전체에 산재하여 경이로웠다. 전 국민의 80%는 불교를 종교로 믿고 있어서 실상을 보고 싶었다.

낯선 곳에 가야 할 두려움은 제주에서 출발하는 순간 스님과 옆자리에 앉으며 덜어졌다. 현지에서 가이드를 만난다는 여행사 안내만 받고 탑승하였다. 서울에서 6명이 스리랑카로 출발하였다. 콜롬보행은 9시간의 탑승 시간이었다.

스리랑카는 인도양의 눈물로 빛나는 작은 섬이다. 200여 년이나 영국의 식민지였다가 독립했다. 한반도 면적의 3분의 1 정도에 이천만 명이 살고 있다. 적도 근처에 위치하고 바다로 에둘러 있어 독특한 매력을 가진 열대기후의 농업 국가이다. 내가 어렸을 때는 '실론 섬의 특산품은 홍차.' 하며 외웠던 기억이 있어서 그 시절부터 꼭 가보고 싶은 충동이 일었다.

검은 피부의 흰칠한 남자는 콜롬보 공항에 피켓을 들고 서 있었다. 현지 안내인은 서툰 말씨로 한국에서 7년이나 노동자로 일한 적이 있다고 소개했다. 한국에서 일하며 모은 돈으로 고향에 돌아와 여행사 사장이 되었다며 하얀 이를 드러낸다.

10일 동안 유네스코 세계 문화유산인 시기리야 -담불라 석굴사원-패엽경 사원-홍차 단지-폴론나루아 고대도시- 갈레 요새-캔디 불치사-갈레니언 사원 -강가라마야 사원을 둘러보았다. 이번 테마기행은 시기리아· 담불라 석굴사원 ·갈레니언 사원 · 강가라마야 사원 ·캔디 불치사 ·패엽경 사원을 신고자 한다.

스리랑카는 생활 속의 불교국가였다. 마을 어귀마다 큰 부처상이 유리집의 수호신처럼 모셔진 독특한 양식이다. 마을의 안녕과 더불어 길흉화복을 관장하는 유일신이다. 공원에도 큰 키의 부처상을 조성하여 곳곳마다 신의 손길이 닿는 듯하다. 공통적인 모습은 연꽃을 두 손으로 정중히 받들어 꽃 공양을 최고의 공양으로 삼고 있다.

사원에 들어갈 때 모든 의식은 일주문 밖에서부터 맨발로 예를 갖추어야 한다. 스리랑카 사람은 검은 피부이고 발바닥이 홍색을 띤 채 맨발로 걷는다. 유심히 살펴보니 다섯 발가락이 넓죽하게 벌려져 있다. 전통 복장인 통치마 의상은 배 쪽에 매듭 모양으로 동그랗게 동여매고 으레 맨발이다. 애초에 남자 의상은 치마에서 시작되었다는 생각이 든다. 더운 나라에서는 자연이 주는 섭리대로 통풍 잘되고 편리한 점도 많아서일까.

해변을 따라 다음 목적지로 가는 도중에 안내원은 길가에 세워진 부처상을 가리켰다. 2004년 쓰나미 피해로 40,000명이

죽고 남부 버스터미널까지 물에 잠기는 막대한 피해를 보았다. 검은색의 침수 표고 지점이 선명하게 남아 아직도 복구되지 않은 상태였다.

안내원은 밀물과 겹쳐 모든 물체가 둥둥 떠다니는 참혹 속에서도 부처님상이 움직이지 않았다고 자신 있게 말했다. 서툰 말씨의 한국어에 농담인 줄 알고 웃었더니 "우리나라 사람 거짓말하지 않습니다."라고 말하여 폭소가 터졌다. 한국인의 쓰 나미 피해 지원에 대한 스리랑카 정부의 응답으로 스리랑카 코 끼리 한 쌍을 서울동물원에 기증하였다. 2년 전에는 서울동물 원에서 새끼까지 순산하였다며 바라본 듯 자랑스럽게 말했다.

스리랑카의 원형을 살피지 않고서는 불교를 믿는다고 내뱉 지 말 것을 작심하였다.

〈2019. 11. 혜향 13호〉

2017/11/07

왕은 어디에

큰비가 내려도 해자와 물길 조성은 으뜸이다. 막힐 염려가 없어 보인다. 주변의 넓은 공간에는 계단과 연못·해자·수로 등으로 꾸며 놓은 마을의 정원이 있다. 어떤 하수구의 시멘트 뚜껑은 손가락으로 연꽃봉우리 구멍을 내었다. 안내원은 빗물이 넘치면 연꽃 분수가 되어 뿜어낸다고 하였다. 하수구 뚜껑까지 부처님의 기운을 담아 연꽃봉우리를 피어나게 하다니….

시기리야에서다. 내려다본 시가지는 입구가 황톳길로 세로 일직선이다. 초록 숲이 펼쳐진 넓은 대지에 유독 붉은 황톳길도 넓어 반짝거린다. 푸른 초원에 우뚝 서 있는 고대도시이다. 시기리야 왕궁터는 아시아에서 잘 보존된 천년 유적으로 세계

8대 불가사의 중 하나이다. 멀리서 보면 머리를 숙인 사자가
웅크리고 앉아 있다. 사자의 발톱만 있는 유네스코 세계문화유
산이다. 왕들의 역사인 시기리야, 변함없는 인류 역사를 되돌
아보게 한다.

　　주차장에서 바위 요새로 가는 길이다. 하늘과 숲이 맞닿아
있다. 숲에 덩그러니 톺아진 바위는 도대체 무엇을 말하려나.

큰 바위 아랫부분에는 노란 판자처럼 덧붙여진 곳만 크고 선명
하여 점점이 하얀 물체가 꾸물거렸다. 다가갈수록 하얀 물체는
많은 인파였고 좁은 통로를 따라 올라가고 있다. 사면은 사자
의 모습으로 절벽을 이루고 있다. 370m 높이의 화강암반 위에
어떻게 궁전을 지었을까.

     불가사의한 '거울 벽화'는 절벽 아래 좁은 통로 벽에 있다.
달걀흰자와 꿀을 섞어 칠하여서인지 황톳빛이 은은하게 반사
되어 '거울 벽화'로 부른다. 멀리서 노란 판자로 보인 것은 지붕
도 없는 거대한 황토벽이었다. 햇빛을 받으면 더 환상적인 벽
이 된다. 내 얼굴도 황토벽에 희미하게 비친다. 마모되어 가는
벽에 상형문자가 몇 겹으로 새겨졌다.

　관광객들은 보물을 찾듯 긴 계단을 뱅글뱅글 올랐다. 멀리에서 보았을 때, 사람들이 많이 탄 엘리베이터인 줄 알았다. 좁은 공간에 비바람이 치지 않게 바위틈을 붙여서 세워진 것도 별나다. 소라처럼 계속 오르니 현기증이 일었다.

　바위 중간쯤에서 시기리야 벽화가 있는 동굴과 연결되었다. 프레스코 벽화가 그려져 있다. 유명한 벽화 '천상의 여인' 미인도가 여기에 있다. 지켜 서 있는 관리인은 그림 앞에서 사진 촬영을 금지하였다.

처음에는 500여 명의 미녀를 그렸으나 18명이 현존한다. 바위벽에 그려진 여인들은 다른 표정과 풍만한 몸짓이어서 희귀한 그림이다. 프레스코 기법은 흙을 벽에 발라 여러 번 점토化 한 후 채소· 꽃 잎· 나무즙으로 적· 황 ·녹색 염료로 대신하였다. 1,600여 년이 지난 현재도 생생한 모습과 자연스러운 색채감은 비밀스러운 연구 대상이다.

일설에 의하면 '카사피왕'은 부왕의 영혼을 기리기 위해서 벽화를 탄생시켰다. 그는 왕위 찬탈을 위해 부왕을 시해한 죄를 참회하고 있으려나. 영혼의 세계에서 시중들고 있는 요정

모습을 현상 세계처럼 그렸다. 가슴을 드러낸 여인은 왕족이고 옷을 입은 여인은 시녀인데 상체를 비틀었다. 상체만 드러낸 여인은 무릎을 꿇고 앉아 무엇을 하고 있을까.

중간지점인 사자의 다리 입구에서 계단을 올라가면 60도 경사면에 이른다. 경사가 급해서 발을 디디고 올라갈 수 있도록 바위 표면을 약간씩 깎아 만든 계단이 있다. 바위에 고정한 철봉만이 유일하게 몸을 의지한다. 발을 잘못 디디면 거꾸로 떨어질 것 같은 가파른 경사면이다. 나는 아래를 내려다볼 수도 없고 어지러워지자, 짐승처럼 기기 시작하였다. 허리를 펴는 순간 한국 스님이 "조금만 힘내셔요."라는 소리가 들렸다. "부처님 감사합니다." 천상에서 내뱉은 소리다. 내가 무슨 원력으로 1,500계단을 포기 않고 정상까지 올라왔을까.

여기는 카사피왕이 불안 속에서 수도를 옮기며 머물던 곳이다. 숨을 내려 쉬며 둘러보았다. 짧았던 부귀영화였지만, 왕은 어디에도 없고 암석 하나로 만들어진 의자가 있다. 커다란 일산을 대면 빗물은 왕이 앉은 의자 뒤로 물고랑 따라 흐르겠다. 공연장과 궁전 건축물의 남은 흔적으로 유네스코 문화유산에 지정될 만하다. 호화로운 생활 속에서도 사자 발톱을 내려다보며 이복동생이 반격해 올지 늘 불안하였다. 침략을 막기 위해 '사자 목구멍'인 중간지점 입구는 결전으로 무장했다. 카사피왕은 천륜을 저버린 욕심으로 암벽에 갇힌 신세나 다름없었다.

하늘이 노천 목욕탕에 내려앉았다. 맑은 초록 물이 에메랄
드 보석처럼 보인다. 천상의 목욕탕으로 거듭 태어났다. 깊이
파인 노천 목욕탕은 200여 m 높이의 거대한 돌 위에 어찌 만
들어졌단 말인가. 목욕탕 또한 300여 명이 들어갈 수 있는 규

모다. 반영(反影)이 예사롭지 않아 카메라에 담았다. 5,000여 평의 정상에는 군대가 주둔하였다.

정상에는 햇빛을 가려줄 곳이 하나 없다. 바람이 넘어가는 큰 나무 한 그루와 흙들이 전부다. 흙은 본래부터 있었는지 축조하면서 날라왔는지 알 수 없으나 마모되는 벽돌의 규모로 보아도 엄청난 양이다. 7년에 걸쳐진 요새 공사다. 바위 정상에 왕궁이 건축되어서 '동양의 마추픽추'라 불린다던가.

내려오는 길은 한결 수월하다. 마주 붙은 동그란 바위는 머리를 숙여야 내려갈 만큼 커서 이승과 저승의 경계 같다. 염라대왕이 업경대 앞에서 이승에서 저지른 죄의 무게를 저울질하고 심판하고 있을 듯하다. 착한 일을 많이 하라는 또 하나의 알림이다.

카사피왕은 진퇴양난의 위기가 닥치자, 코끼리 등에 탄 채 단검으로 생을 마감했다. 11년 만이었다. 인도군을 이끌고 반격에 성공한 이복동생 '목갈라나왕'은 승려에게 시기리야 왕궁을 기증한 후 수도도 아누라다푸라로 환도했다.

비운의 역사가 이제는 세월 속에 잊혀간다. 가족을 태운 코끼리가 내 옆을 지나간다. 난공불락의 역사 속으로 사라진 카사피왕의 코끼리가 생각났다. 왕의 영혼은 어디로 갔을까.

〈2018. 10. 혜향 11호〉

동굴 천장으로 올라가는 물

석굴로 향하는 길에 울창한 숲이 싱그럽다. 'King's Way.' 라 하였으니, 왕이 몸을 숨긴 곳이 맞긴 하다. 안내판에 동글동글한 싱할어는 애벌레가 기어가는 듯 상형문자처럼 보였다. 가파른 길을 삼십 분 정도 올랐다. 하나의 암석으로 된 계단은 기역 자로 깎였다. 나무줄기는 커다란 바위 틈새로 비집고 나와 하늘을 향하여 잎사귀를 출렁거린다. 칼바위가 된 곳에 씨앗 하나 떨어진 생명력은 바위와 나무를 살리는 의지처다.

TV 영상물을 보다가 인상 깊은 곳이다. 담불라 석굴사원과 시기리야를 보면서 어려움 속에서 살아가는 법을 알았다. 동굴 속은 유네스코 세계문화유산 등재된 점에 호기심이 인다. 스리랑카는 고대부터 승려들의 수련장이었다. 유네스코에 등재된 세계문화유산 일곱 개가 있는 것도 이런 이유다.

담불라는 시기리야에서 약 19km 떨어져 있다. 캔디에서 버스로 두 시간 정도 달리면 담불라(Dambulla)라는 마을이 나타난다. 밀림 가운데 꼭 바가지를 엎어 놓은 것 같은 커다란 바위산이 우뚝 솟아 있어 한눈에 들어온다.

칼바위를 지나자, 석굴사원 입구 검문소이다. 검문소에서 일일이 몸수색도 받고 여권 검색대도 통과해야 한다. 거북이 등 같은 바위산에 붉은색 지붕과 하얀 벽체의 집이다. 석굴사원을 보는 순간 삶이 무엇인지 입이 다물어졌다. 사원 참배하려면 신발과 양말을 벗는다. 가는 곳마다 입구 바닥에 새겨진 '문스톤'은 신성한 장소와 믿음의 표시이다. 문양에는 언제나 연꽃과 코끼리가 등장한다. 신발은 20루피(5백 원)를 내고 맡겼다. 현지인은 관광객 무리별로 보관하여 신발이 바뀌지 않도록 눈치 빠르게 구분도 잘한다.

담불라가 사원으로 변모된 일은 기원전 1세기 성할라왕조 때였다. 담불라는 '바위'라는 담바(Damba)에 '샘(Ulla)'이라는 단어를 더하여 '마르지 않는 샘'에서 유래했다. 왕은 타밀군에 쫓겨 당시 수도였던 아누라다푸라에서 이곳으로 피신해 왕권 회복을 꾀했다. 승려의 도움을 받으며 14년이나 기거하였다. 왕조를 이으려는 간절함은 타밀군의 추격에도 잘 견디어 유적이 되었다.

안내원을 따라 동굴 안의 철창으로 둘린 곳에 모였다. 1m 정도 높이의 항아리가 있다. 항아리에는 천장에서 떨어지는 물을 받고 있다. 안으로 갈수록 컴컴하여 천장의 물을 찾기가 쉽지 않다. 빛은 돌 창문만 의지한다. 전등도 없다. 천장은 반원

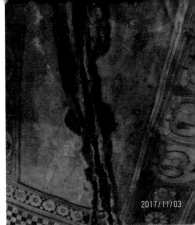
2017/11/03   2017/11/03

모양이다. 꼭지에 해당하는 가운데 높이에서 물이 떨어지고 있
다. '똑, 똑, 똑.' 소리가 초시계처럼 일정하다. 물길은 반원의
구석진 바닥에서 천장으로 가느다랗게 골을 파여 올라갔다. 바
닥 구석에 질펀하게 물이 고인 것도 아니고 천장에 좁은 강처
럼 파여 촉촉하다. 어둠 속에 가만히 살펴보니 물고기 백여 마
리가 새겨졌다. 머리 방향이 물길 따라 가운데 천장으로 헤엄
치고 있다.

　TV에서 볼 때도 가운데에서만 떨어지는 물이 신기하였다.
물은 항아리 밖으로 넘친 적이 없다는 말이 더 이상하다. 이 물
을 신성하게 여기는 이유는 훼손 방지하려고 철창을 쳤다. 특
별한 의식에만 문을 열고 사용한다. 물을 뜨는 사람도 지정되
었다. 다기(茶器) 물과 병약자만 사용되어 신비로운 물이다.
왕은 생명의 물 때문에 14년이나 굴속에 숨어있어도 타밀군에
발각되지 않았다.

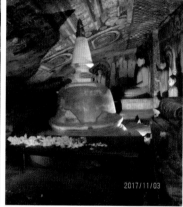

　똑같은 양의 물은 우기나 가뭄에도 천장에서 떨어진다는 안내원의 설명이 놀랍다. 이상하게 주변에는 이끼도 끼지 않았다. 지금도 천장에는 물고기 그림과 천장 프레스코 벽화를 볼 수 있다. 국난이 있을 때마다 왕들은 바위산 동굴에 석굴사원을 지었다. 2,300여 년 동안 내려온 벽화와 불상은 찬란했던 문화를 고스란히 보여 주고 있다.

다섯 개의 석굴은 긴 복도로 연결되어 있다. 인도 아잔타 석굴이 인력으로 팠다면 담불라는 자연 동굴이다. 왕족이 숨어 지낼 때 연기를 피우면 탄로 날까 봐 주린 배 잡고 1일 1식만 하였다. 밀림에서 채취한 나무껍질과 열매만 조금씩 먹었다. 왕족은 왕권을 찾은 후 감사의 표시로 프레스코화를 치장한 사원을 지어 보시하였다.

붓다의 삶은 프레스코화 속에서 선명하고 경이롭다. 석굴 안 천장과 벽면의 다양한 그림들은 오랜 시간이 지나도 색채가 그대로이다. 158개의 불상과 탑은 천연염료인 하얀 산호, 가루 순으로 바르는 프레스코화로 넘치고 있다. 빽빽하게 채워진 천장화를 바라보니 2,300여 년 전에 그렸다고 할 수 없게 불가사의하다. 환희심 이는 감동은 주체할 수 없다.

    천재 화가 미켈란젤로가 성당 천장화를 그렸던 시대적 상상을 해 본다. 미켈란젤로는 높은 곳의 작업대에 의지하여 천장에서 숙식했으니 반미치광이 취급당했다. 성인이 아니고선 고개 꺾인 자세로 오랫동안 그림을 어떻게 그렸을까. 하지만, 석굴사원의 프레스코화는 그보다 앞서 제작했다. 목은 아프지 않았을까. 자연채광만 이용한 그림과 동굴 속에서 천연염료로 그린 수행도(圖) 앞에 서 있자니 멍해진다.

    긴 복도를 따라 거꾸로 나왔다. 지금도 신비하게 떨어지는 물을 보려고 관광객은 몰려든다. 수행하던 승려가 천장에 물길과 물고기를 새기지 않았다면 물은 흩어졌을까.
    사원 앞의 보리수나무가 복도의 천장과 맞닿았다. 연못에 피어 있는 보라색 수련은 스리랑카 국화이다. 불전함은 일부러 찾아다녀야 할 만큼 거의 보이지 않는다. 꽃 공양으로 모든 것을 대신하였다. 이곳이 극락인 듯하다.

갈레니언 사원의 보리수나무

코로나19 바이러스 확산으로 세계가 떠들썩하다. 전쟁터보다 기하급수적으로 불어나는 사망 인원은 속수무책이다. 사회적 거리 두기 지키기는 바이러스 확산을 막기 위한 조건이어서 초파일 행사까지 윤달로 넘기게 되었다. 갈레니언 사원에는 인도에서 가져간 보리수가 있어 무사하기를 바란다. 고통에 시달리던 인간들도 참회의 눈물을 흘리다가 어딘가에서 죽어갈 것이다. 도대체 미생물 하나가 무엇이기에 이럴까.

스리랑카는 생활 속의 불교국가이다. 마을 어귀마다 큰 부처상이 유리집 안에 수호신처럼 모셔진 독특한 양식이다. 마을의 안녕과 더불어 길흉화복을 관장하는 유일신이다. 공원에도 큰 키의 부처상을 조성하여 곳곳마다 신의 손길이 닿고 있는 듯하다.

30여 개의 계단을 오르자, 갈레니언 사원이다. 인도의 원본 불교는 퇴색하고 스리랑카로 건너간 갈레니언에서 초기 불교의 옛 모습을 찾아볼 수 있다. 부처님은 생전에 인도에서 3번이나 다녀가셨다는 사실을 천장과 벽화에 새겨 보관하면서 유네스코 세계유산 기록물로 남아 있다. 부처님이 인도에서 타고 오셨다는 코끼리의 백 상아도 박물관에 보존되었다.

아소카왕의 딸인 샹가미라 공주가 보리수 어린나무를 북인
도에서 가져와 그 자리에 심었다. 이곳은 2,300여 년 전 보리
수나무가 현존하고 있는 사원으로 부처님이 방문하여 깨달음
을 이루었다는 곳이다. 지금도 보리수 나뭇잎이 풍성하고 많은
가지가 뻗어 숲을 이루고 있다. 세계 역사상 가장 오래된 성스
러운 보리수나무이다. 보리수 하트모양의 잎사귀에 꼬리가 길
게 내려진 모양은 인연의 줄로 보였다.

기원전 3세기에 인도의 법왕은 아소카왕의 재위 동안 아홉
번에 걸쳐 불교를 스리랑카에 전했으나 실패했다. 마지막으로

마힌다스님에 의해 스리랑카에 전파하였다. 인도의 기원정사를 스리랑카에 재조성하여 남방불교로서 최초의 불교사원임에 큰 의의를 두고 있다. 싱할라인은 힌두교에서 불교로 개종하며 소승불교를 확립하여 동남아 불교의 모태가 되었다.

매달 공휴일이 있는 나라이다. 스리랑카는 새해 첫날이 평일인 대신 보름달이 뜨는 모든 날이 공휴일이다. 포살(布薩)이라는 의식을 보름날마다 행하는데, 승려는 계율을 어긴 게 있는지 확인하고 참회한다. 평신도는 이날 하루이거나 며칠이라도 5계와 8계를 지키려 한다.

일행이 손짓하여 쫓아갔더니 옛날식 수도가 즐비한 곳이었다. 이 사원에서는 특별나게 손과 발을 더 씻은 후 플라스틱 물통에 감로수를 받고 마당으로 나왔다. 마당에는 줄 서서 감로수를 올리거나 합장한 사람으로 가득 찼다. 서너 개의 계단 위 부처님에게 감로수를 올렸다.

　어느 나라에서도 볼 수 없는 기단이 있는 보리수나무 한 그루다. 보리수나무 아래 가부좌를 튼 부처님은 생전처럼 법을 설하실 태세이다. 부처님은 정좌하여 내려다보고 있다. 성스러운 나무 밑이라 경계 삼은 사각형의 3층 기단에는 감로수와 꽃 공양으로 즐비하다. 검은 피부의 연로한 남자는 감로수 통을 부지런히 정리하여 일정한 곳에 놓았다. 피곤한 기색도 없이 행복해 보인다. 기단에는 화려한 과일 공양은 없다. 감로수와 꽃만 빈틈없이 채워졌다. 검소하면서 불전함에 치우치지 않는 참모습을 보았다.

보리수나무 아래 구석에 스리랑카의 불자 한 가족이 앉았다. 깔개를 펼쳐 앉은 모습이 유독 눈에 띄었다. 좋은 자리는 양보하고 구석진 곳, 한적한 곳에 벽을 붙인 자세다. 있는 듯 없는 듯 경건하게 간절한 기도를 올리고 있다. 손때가 묻어 검

게 낡아진 경전을 펼쳐 들고 낮은 소리로 독송하였다. 주문을 외우는 삼대(三代)의 진지한 표정이 울컥하게 한다. 노인과 여남은 살 정도의 아이도 부모와 눈을 감아 기도하고 있어서다. 모두가 하얀 법복 차림이다.

일요일만 교리를 배우는 '일요 불법 학교'다. 한 달에 한 번은 어린 학생들도 사원을 방문하여 종교의식을 체험하도록 정해져 있다. 일요일이면 사원이 있는 마을 학생들이 흰색 전통 의상을 입고 꽃을 따서 바구니에 담아 사원에 모여든다. 참석하는 아이들은 수준에 맞게 스리랑카 행정부인 불교부에서 만든 교재로 기도한다. 교리뿐만 아니라 부모님을 위한 효도, 이웃과 더불어 사는 방법 등도 함께 배운다. 사원마다 수백 명에서 수천 명에 이른다. 천진불이 없어 고민하는 한국불교와 사뭇 다른 모습에 마냥 부럽기만 하다.

　보리수나무가 과거의 불교라면 보리수 아래 기단에서 감로수 정대한 불자의 모습은 현재의 불교이다. 어린아이의 기도 모습과 의무적으로 사원을 찾아가는 미래의 불교를 바라보니 형언할 수 없는 환희심이 인다. 장난기 없이 진지하게 기도하는 아이는 무엇을 바라고 있을까.

　2,300여 년의 세월을 간직한 스리랑카 상좌부 불교 전통은 스리랑카 미래인 아이들과 그렇게 소통하고 있었다. 보리수나무 앞의 유네스코 세계문화유산 지정 표석이 생각나는 아침이다.

머리카락 사원

인도(人道) 경계선에 번쩍이는 꽃병 20개 정도가 놓여 있다. 미처 피어나지 못한 연꽃봉우리를 금으로 조각하여 대여섯 개씩 꽃병에 고정했다. 도로 옆의 금화가 여느 사찰보다 눈이 더 간다. 금화는 부처님 머리카락을 사리처럼 보존되었다는 뜻일까.

콜롬보 시내 사원 입구에 버스를 세웠다. 이곳에는 박물관과 대법당이 있다. 사원 마당 안쪽 계단 위에는 부처님 백여 분이 모셔져 있어 불국토임을 알려준다. 스리랑카에 취항하는 우리나라 항공사 광고에도 등장했던 사원이다.

강가라마야 사원은 우리나라의 조계사와 같은 사원이다. 석가모니 부처님과 지장보살 관세음보살이 좌우보처에 있다. 증정 기념패에는 태극기와 스리랑카 국기가 나란히 위에 자리하고 한글로 증정 내용을 새겨놓아 관람객을 맞이한다. 삼존불을 바라보니 한국에 온 느낌이다. 사원 내 박물관에는 한국에서 기증한 쇠북에 양국 국기도 새겨져 있다. 현재는 불교 배움의 장소로 사용하고 있다.

      왼쪽으로 돌아 들어간 대법당이다. 커다란 부처님은 황금색과 붉은색으로 옷을 입고 인자한 모습으로 앉아 계셨다. 경건한 마음이 든다. 레오나르도 다빈치가 천장 벽화를 그리듯 이곳 대법당에도 천장까지 여러 부처님이 입체 조각으로 표현되어 유럽형을 닮았다. 양쪽 천장 근처에 두 마리의 코끼리와

기다란 상아도 있다. 입상불에서 익살맞은 부처님과 와불에 이르기까지 여느 나라에도 없는 광경이다.

하얀 부처님은 기원전 3세기로 거슬러 올라간다. 하얀 부도 탑은 팔각형의 윤전(輪轉)대 같은 곳에 모셔져 있다. 박물관에 보관하는 유물은 고대 연구사에 필요한 자료를 담고 있다. 불교 관련 유물과 사리를 비롯하여 풍부한 문화유산이 많다. 각국에서 기증된 광배 달린 황금색의 부처님은 머리 모양도 노랗고 화려한 관세음의 관도 다르다. 스리랑카 대통령은 보존을 위해 스리랑카 화폐를 승인하였다. 전 세계 불교국가들과 꾸준히 교류한 듯 불교박물관·사원과 부속도서관 형태로 운영하고 있다.

뾰족이 솟아오른 상아는 부의 상징일까. 박물관에는 백옥과 상아로 만들어진 부처님과 크고 작은 조각상이 많다. 진열장 안에 온통 하얀색의 "ELEPHANT PEARLS"가 진실임을 말

해준다. 이젠 코끼리에서 상아 채취도 금지되고 있지만, 고대부터 코끼리는 전 국민이 사랑받고 있는 우상화 동물이다.

흰색 건물에는 '부처님 머리카락 사리'가 봉안된 유리관 법당이 있다. 유리관 위에는 지붕까지 투명한 유리로 덮였다. 유리 법당 안에는 금화도 있고 부처님을 받들듯 네 귀퉁이에 사자상이 높이 앉아 신장을 호위하고 있다. 가운데에 유난히 화려한 부처님이 조성되었다. 유리 법당 안에서 붉은 가사를 걸친 스님이 탐방객을 맞는다. 다른 나라 사람도 줄을 지어 섰다.

강가라마야 사원을 머리카락 사원이라 부르기도 한다. 기물은 작은 부처님 몇 분과 의식적인 공양물이 놓인 사각 접시이다. 기물이 머리에만 닿아도 큰 공덕을 입는다고 믿는다. 구릿빛의 키 작은 스님은 기물을 정대(頂戴)한 후 탑돌이 하며 돌아 나오게 한다. 공양금은 달러를 올렸다. 스님은 무표정이다. 스님은 보리수의 하얀 열매 세 알씩을 붉은색 실 다섯 겹에 꿰어 만든 것을 오른 손목에 묶어 주었다. 아마도 하얀 열매는 불법승 삼보를 뜻하고 실 다섯 겹은 오계라도 지키라는 암시이다. 묶어 주는 스님의 얼굴에서 부처다운 눈빛을 보았다.

유리관 안으로 들어갔다. 확대경이 부착된 크리스탈 사리구 앞이다. 희끗희끗한 검은 머리카락이 보인다. 환희에 차서 합장하고 삼배를 올렸다. 생전에 볼 수 없는 일을 꿈인가 하여 다시 한번 바라보았다. 유리 법당 안에서는 숨소리 말소리도

죽여 가며 무언의 행동인 눈짓으로만 신도 회장님과 통했다. 카메라에 담았다.

불교사에 있어 보물 같은 존재이다. 부처님 머리카락은 2,500년 전, 그 무엇과도 바꿀 수 없는 보물이다. 인도에서 불교가 발생하였으나 실존하지 않는 현실이고 소승불교도 스리랑카로부터 미얀마· 태국 ·라오스로 전해졌다. 사실상 고대불교의 중심도 스리랑카이고 불·법·승 삼보가 살아 있다.

밖으로 나왔다. 콜롬보 시청과 국회의사당 앞을 버스로 이동하면서 바라보았다. 초록이 물든 시청 앞 넓은 공원에는 좌불상 큰 부처님이 있다. 모든 일을 품어 안듯 인상 깊다. 좌대 아래에는 작은 코끼리 머리가 여러 마리 보인다. 코끼리 등을 타고 앉았다.

오늘도 염주를 돌리며 나의 손길이 필요한 사람에게 부처의 마음으로 돌아가기를 염원한다.

〈2020. 5. 혜향 14호〉

어디로 갈 것인가

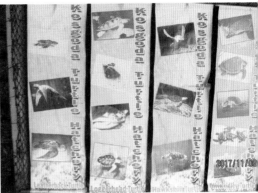

푸른 바다거북은 제주 바다에 산다. 예부터 제주의 어부와 해녀들은 일 년에 한두 번씩 그물에 걸린 거북을 보며 길흉화복을 말하기도 하였다. 거북을 발견하면 정성을 다해 온전히 돌려보내는 오래된 풍습과 믿음 때문에 제주에 살고 있다.

얼마 전에 TV에서 특별한 영상을 보았다. 해녀는 취재진에게 "년 초에 그물에 걸린 거북이 머리가 바다로 향해 있으면 흉년이 들고, 뭍을 향하고 있으면 소망 일어. (제주어: 재수 좋다)"라고 말한다. 제주 사람은 거북을 죽이거나 팔지 않고 기원을 담아 보냈다. 그것도 많은 양의 막걸리로 융숭히 대접하고 제를 지냈다.

　　상군 해녀는 새내기 해녀에게 거북을 만나면 놀라지 말라고 가르쳤다. 거북이가 헤엄치는 모습과 해녀가 깊은 바다에서 작업하는 영상이 닮았다. 열두 발 깊이의 바다 밑으로 잠수하다가 놀라서 숨을 참지 못하면 죽음이다. 해녀는 죽음을 각오하며 저승에서 벌어 이승에서 쓰기에 숨비소리는 삶과 죽음의 경계에서 나오는 한이다.

제주 바다거북 존재는 해녀의 할머니 시절 이전부터 자연의 타임캡슐이라 여겨왔다. 바다 물건은 용왕이 주는 것이라 믿었다. 거북이가 나타나면 용왕이 보낸 셋째 딸이거나 용왕이라 여긴다. 잡은 수확물을 거북에게 던져주어야 한 해 동안 재수가 좋다고 여겨서인지 바다거북은 제주에 산다. 거북이 등은 세계지도 같다. 한쪽을 떼어내니 스리랑카가 되고 대한민국이 되었다.

스리랑카에서 보았던 거북이가 생각난다. 아홍갈레 해변은 벤토타강과 바다가 만나는 강어귀의 해변 휴양지이다. 인도양의 백사장은 따뜻하고 반짝이는 바닷물이 매력적인 휴양지였다. 바닷냄새 없이 밀려오는 파도 소리에 귀를 기울여야 했다. 코코넛 나무가 죽음을 맞이하여도 떠밀려 모래판에 있었다. 어디선가 거북이가 알을 낳으려고 올라올 것만 같다.

바닷냄새를 못 느끼는 '아홍갈레 해변'을 아침에 산책하고 나온 터라 안내원이 바다거북보호소를 구경하자고 했을 때 호기심이 일었다. 일행은 400루피씩 입장료를 별도로 내며 장수와 행운을 상징한다는 멸종위기 환경의 '거북 교육장'에 들어섰다. 여남은 개의 수조 속에서 살아가고 있는 거북은 무슨 사연을 간직하고 있는지 궁금하다.

자라처럼 보이는 새끼 거북 수십 마리가 귀엽게 헤엄쳤다. 옆 수조에서 유영하는 갈색 거북은 팔을 오므린 모양새다. 목과 머리는 멀쩡한데 자세히 보니 팔 한쪽과 다리가 없다. 팔 한쪽이 찢겨 나갔으나 갑골문자를 선명하게 등에 그려졌다. 그 옆 수조의 황금 거북은 등이 두껍고 금빛을 띠는 형상이 온전하다.

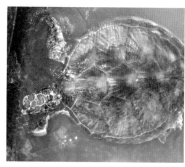

다음 수조의 검은 거북 한 마리는 구석에만 있다. 거북이는 눈이 보이지 않는다. 50여 년 동안 눈이 서서히 멀어졌다. 언제나 그 자리에 있어서 조련사는 먹이를 직접 먹여주었다. 멸종위기의 거북은 조련사가 없으면 밥도 먹을 수 없는 상태다.

반대편 수조의 거북이는 등에 갈색과 검정으로 윤기가 흐르는
데 등 아래로 반쪽이 잘려 나가 앉은뱅이다. 꼬리와 긴 팔이 더
길어 보인다. 20여 년 동안 장애 상태인 거북은 조련사의 정성
을 알고 있는지 남은 몸이나마 빛을 발하고 있다. 환갑 나이의
회색 거북은 팔과 다리, 꼬리도 없고 굵어진 목과 머리뿐이다.
등에 골골이 깊이 팬 문자가 말해주듯 생명이 경이롭다.

　조련사의 표정은 뜻밖에 밝다. 조련사가 갑작스레 하얀 거
북을 들어 올리면서 나에게 안아보라 하였다. 행운을 가져다준
다는 하얀 거북을 나는 그만 움찔하는 자세로 안았다. 딱딱하

고 묵직한 느낌이었다. 나와 조련사는 하얀 거북을 안고 사진 촬영하여 지금도 보관 중이다.

옆으로 자리를 옮겼다. 오십여 개의 모래 동산에 눈길이 머문다. 양동이만큼 봉긋하게 올라온 모래 무덤과 팻말이 수명을 다한 장애 '거북 무덤'인 줄 알았다. 인간처럼 무덤을 만들어준 공동묘지로 보였다. 잔디만 없을 뿐이다. 알 수 없는 '싱할라어'로 숫자까지 적혀 있다.

구릿빛 피부의 조련사는 쭈그러진 탁구공 같은 물체를 손바닥에 올려놓았다. 그곳은 80%의 생존율이 있는 거북 부화장이다. 통역에 의하면 거북의 수명은 백오십 년이다. 한 마리가 150개의 알을 낳으며 두 달 후 새 생명으로 탄생한다. 해변을 따라 거북보호소가 여러 군데 보였다. 유독 이곳에서만 인공 부화장까지 만들어 새끼 거북을 양산하는 이유는 무엇일까.

스리랑카 해변에 가늘고 굵은 그물이 버려져 있다. 그물은 생계 수단이라 하기엔 서글프다. 굵은 그물에 장애 거북 손발이 잘리고 몸통이 찢어진 채 수조에 갇히었다. 우리나라에서 볼 수 없던 장애 거북을 처음으로 보았기에 충격이었다. 장애 거북의 생명을 목숨이 다할 때까지 보살피는 조련사 앞에 머리 숙인다.

조련사는 나약하고 가난해 보이지만 의사처럼 위대해 보이는 순간이다. 평생 보살피기를 약속한 듯이 장애를 안고 있는 거북이와 조련사는 한 몸이다.

숨은 별들이 고개를 내밀고 윤슬이 내린 바다를 내려다본다. 나는 어디로 갈 것인가.

〈 2019. 11. 수필광장 20호 〉

동굴 호텔

2017/11/03

　　몇 년 전의 사진을 바라보고 있다. 풍경 사진을 좋아하여
찍었던 모습이 신기하다. 이젠 가볼 수 없고 큰 병의 회복기에
나의 정신력을 시험대에 올린 곳이다. 그곳은 마하웰리 강을
끼고 큰 돌산을 동굴 호텔로 탈바꿈하였다. 여행지 중에서 이
런 호텔도 처음이다.

2017/11/03

　주변의 정글 숲은 생태 보전지역이라는데 무서울 정도다.
안내원은 숙소가 가깝다는 말만 하면서 황토 깔린 숲길을 한
시간이나 더 달렸다. 호텔은 바위를 벽면으로 끼고 건축한 코
브라처럼 에스 자의 5층 건물이다. 앞에는 호수요 뒤에는 바위
에 자연 폭포가 흐른다. 안에서 볼 수 있는 환상적인 생태 숙소
이다.

　호텔에 도착하자 예쁜 옷을 걸치고 매니저가 나왔다. 방문
객에게 연꽃 한 송이씩 건네주며 손님을 맞이한다. 호텔 측에
서 준비한 꽃은 여러 송이 남았다. 연꽃봉오리 겉잎을 하나씩
아래로 젖히며 물동이에 띄웠다. 환영하고 남은 꽃송이는 물동
이에 띄우자 수반에 피어 있는 연꽃이 되었다.

호텔종사자들은 웃는 얼굴로 출입문 틈새에 방마다 큰 수
건으로 막고 있다. 저녁이 되면 사마귀와 나비, 나방이 문지방
아래 틈새로 기어들어 오기 때문이다. 아침 청소할 때는 하얀
수건을 빼고 저녁이 되면 깨끗한 수건으로 문틈 사이 막기를
규칙적으로 하고 있다. 하찮은 미물이라도 산목숨 죽이지 않고
접근금지만 할 뿐이다.

시원한 바람을 맞으러 호수가 보이는 객실 베란다에 나왔
다. 베란다에는 타잔이 밧줄 타듯 굵은 넝쿨이 늘어졌다. 그네
모양이다. 베란다 천장에 원숭이가 줄을 타고 이방 저방을 기

웃거린다. 방안에 놓인 과일을 훔치려고 염탐하고 있다. 창문
에는 원숭이를 조심하고 문을 잠가달라는 그림 표시까지 그려
졌다. 동물과 사람이 함께하는 호텔이었다. 주변은 밀림 지대
여서 자연을 이용한 공생 공존하는 유일한 호텔이지 싶다.

아침이 되자 청량한 새소리에 눈을 떴다. 머리와 부리가 검
고 몸이 노란 예쁜 새가 창가에서 줄을 타며 노래한다. 숙박 동
과 행사장 건물이 복도로 이어지고 노천수영장이 딸리어 각종
행사가 열리고 있다.

조각한 불상이 호텔 곳곳에 있다. 큰 불상은 치장되어 코너마다 이정표 역할을 한다. 살찐 보살상은 財를 상징하는지 젖가슴도 풍부하다. 조각상은 유리관 안에 있든 닫집 안에 있든 머무는 동안 마음을 편안하게 하였다. 스리랑카 국민의 80%가 생활불교를 믿는다. 호텔 방 문 입구에서 벌레를 보며 '산목숨 죽인 죄 금일 참회'하게 하고 원숭이의 과일 도둑질 염탐에 '투도 중죄 금일 참회'하게 한다. 산교육을 행동으로 보여 준다. 한 달에 한 번은 전 국민이 하얀 예복을 입고 사원을 찾기에 국가 종교이다. 사진을 보는 즐거움은 세상에서 보기 드문 곳이니 극락인 듯하다.

〈2024. 2. 29. 뉴제주 해연풍〉

캔디의 불치사

불치사는 해자와 석조 요새로 둘러싸여 물 위에 뜬 형상이다. 붉은 지붕을 이은 흰 벽의 건물이 호숫가에 자리 잡고 있다. 캔디는 유네스코 세계 문화유산으로 지정한 도시로 싱할라 왕조의 마지막 수도이다. 이 곳은 호수를 끼고 있어 교통마저 혼잡하게 관광객이 붐비는 곳이다. 부처님이 생전에 인도에서 3번이나 다녀가셨다는 사실을 불치사 천장과 벽화에 새겨 보관하고 있다.

캔디의 불치사(佛齒寺)는 스리랑카에서 신성하게 여기는 불교사원이다. 부처의 진신 치아사리를 모셔 놓은 사리함이 있다. 스리랑카 국보 1호로 지정되어 전 세계의 불교 신자들이 순례 차 들린다. 인도의 마하보디 대탑, 이집트의 피라미드, 아테네의 파르테논, 로마의 콜로세움과 더불어 죽기 전에 꼭 봐야 할 감동적인 건축물이다.

전설에 의하면 부처가 열반에 들어 다비하자, 부처의 왼쪽 송곳니가 장작더미의 재 속에서 발견되었다. 인도 왕자가 머리카락 속에 숨겨서 스리랑카로 가져왔다고 전해진다. 고대도시

였던 플론나루와에 안치됐던 불치(佛齒)가 캔디로 이운(移運)
된 연유는 싱할라 왕조의 흥망성쇠가 달렸다. 여러 번의 전쟁
으로 수도를 옮길 때마다 불치도 함께 이운을 하였는데 1590
년에야 현재의 캔디 불치사에 봉안되었다.

불치를 이운하는 이유는 하나 더 있다. 섬나라의 가뭄과 홍수는 '아사(餓死)'와 직결되는 엄청난 재앙이다. 불치가 그 재난을 막거나 해소해 주기를 바랐다. 불치의 가피가 있었던 것일까. 스리랑카인은 지금도 '불치가 움직이면 자연이 감응(感應)한다.'라고 믿는다. 치아 사리 이운 법회는 국민의 불심을 고양했고 고취된 불심은 국력을 한데로 모으는 역할을 했다. 왕조는 그 기반 위에 정통성을 다졌다.

불치사가 품은 호수는 성스러움을 더해 주었다. 입장료를 내고 신발을 보관했다. 문스톤을 밟으며 맨발로 일주문을 들어섰다. 사원 마당에는 흰색 옷을 입은 아이들이 연꽃 공양을 위해 두 손으로 받쳐 든 모습이 공손하다. 한 달에 하루는 국가 지정일로 정하여 사원에 참배 일이다. 2,000여 년의 세월을 간직한 스리랑카 전통은 아이들이 사원을 방문하며 소통한다.

　불치사의 단청도 눈에 익숙하였다. 모양은 약간 다르나 연꽃 문양이 많이 새겨졌다. 벽에 걸려있는 그림을 통해 스리랑카불교 역사를 한눈에 볼 수 있었다. 불치사는 2층짜리 건물로 처음 세워졌으나 원래 건물의 흔적은 희미하다. 1998년 힌두교도인 타밀족이 불치사를 폭격했지만, 복구하였다.

　유리로 둘러싸인 공간에는 촛불이 무수히 켜져 있다. 꽃과 나무가 잘 어우러진 정원이다. 부처님이 스리랑카로 올 때 타고 왔다는 코끼리를 박재하여 박물관에 보관하고 있다. 도량 내에 코끼리 정원이 이채롭다. 박물관으로 통하는 정문은 프레

스코 그림으로 장식되어 있으며 양쪽에는 두 마리 사자상이 서
있다.

　우리의 예불 의식처럼 사시 공양 시간이다. 시간이 되자 음
악이 들리고 의식이 진행되었다. 스리랑카에서는 부처님의 일
상적인 예경·공양 의식을 테바바(Tevava)라 한다. 희고 붉은
전통 의상은 꽃이 피어날 듯하다. 장구와 북소리는 중생을 제
도하듯 둥둥거리고 높은음의 나각까지 울린다. 부처님이 상주
하는 나라여서 아름다운 꽃과 감미로우며 힘찬 음악으로 가득
차 장엄했다. 사람들은 정성을 다한 합장과 절, 환성과 춤으로
불치를 맞이했다.
　불치사의 공양 의례가 엄격한 이유는 치아 사리를 부처님으
로 인식한다. 살아계신 부처님을 모시듯 하기 때문이다. 놀라

운 건 불치사리 수호 임무는 불치사 주지가 아닌 재가자가 맡고 있다. 캔디 고산족 출신만이 선거에 출마하여 불치사리 수호 임무를 맡고 임기는 10년이다. 의례의 시작은 부처님 얼굴에서 양치질과 세안, 물기를 닦는 행위 및 가사를 수(受) 한다. 향 공양을 올린 후 오체투지의 예를 올림과 동시에 종이 3번 울린다. 이 의례가 끝나면 손을 씻은 후에 꽃 공양이 올려진다.

  잠시 향실 문이 열리고 참배객에게 꽃을 공양할 수 있는 시간이 주어진다. 공양구를 관리하는 재가자와 공양구를 건네받는 비구가 엄격히 구분되어 있다. 공양물을 짓는 요리사와 공양물을 향실에 전하는 재가자도 따로 정해졌다. 의례를 준비하는 20여 명에게 주어진 임무가 달라 철저하게 지켜지고 있다.

  정복을 입은 스리랑카 관리인은 무슨 연유인지 나에게 절을 하라는 손짓이다. 동행한 사찰 회장과 나는 환희심으로 가

득 차 불전함에 달러를 넣고 삼배 올렸다. 절하는 내내 '부처님 고맙습니다.'라고 연발하며 온몸이 후끈 닳아 올랐다. 무슨 일이든지 이루어질 것만 같다.

사원의 맨 위층이다. 엄청난 인파가 몰려든다. 정해진 시간에만 가운데 문이 열린다. 멀리서 반짝거리는 부처님이 눈에 들어왔다. 발돋움을 하며 한 번 더 바라보려 한다. 세계 여러 나라 사람이 모여 서로 친견하려는 성지의 모습이다. 탑 모양의 사리함은 루비와 사파이어·다이아몬드 등으로 장식되어 있다. 금과 보석으로 만든 겹겹의 상자 안에 부처의 송곳니가 모

서져 있다. 울려 퍼지는 게송을 안내원이 서툰 한국말로 통역
해 주었다.

    포르투갈, 스리랑카 침입 후 가톨릭 전파를 위해 불
    교 탄압/ 법회 집전 스님 사형에 처하고 개종 불복 재가
    자 강물에 던져/ 치아 사리 파괴 예견한 승단 델가무 사
    원에 숨겨 위기 모면/ 온 국민 페라 해라 축제 때 불치와
    하나 돼 평화 기원.

    지금도 불치사에서 예불할 때면 어김없이 게송으로 향실을
가득 채운다.

〈2019. 10. 혜향 13호〉

공양

모든 의식은 사원에 들어갈 때는 맨발이어야 한다. 특히
나 스리랑카 국민은 애초부터 맨발로 걸었나 보다. 검은 피부
의 발등에 홍색을 띤 발바닥은 양말이 필요 없어도 자동 지압
이 되는 듯 일상의 걸음걸이다. 유심히 살펴보니 다섯 개의 발
가락이 전부 사이를 띄고 넓죽하게 벌려져 있다. 엄지발가락을
끼운 슬리퍼의 영향인가.

스리랑카 여행을 통하여 공양의 참 의미를 알았다. 시차가 있었지만, 4시의 새벽예불 소리에 잠에서 깨었다. 밖은 어둑하여도 확성기를 타고 들리는 예불 의식에 싱할어 언어조차 한국어 비슷하게 들린다. 사시불공에 맞추어 안내원은 연꽃 한 다발을 사더니 몇 송이씩 두 손에 오므리게 하여 공양물로 얹어준다.

　　경전에 '어진이 아난다는 곧 부처님 방문을 열고 부처님의 평상을 가져다 밖으로 내서 털고 방에 들어가서 안에 있는 공양했던 꽃을 밖에 가지고 나와서 버리고 평상을 본래대로 놓았다. 어진이 아난다는 공양하기를 부처님 계실 때처럼 하였다.'

    이 의례가 바로 아난다 존자가 부처님 제세 시 행했던 의례
이다. 일반에게 공개되지 않고 비밀스럽게 행한다. 의례 시작
은 양치질과 세안 그리고 부처님 얼굴의 물기를 닦는 행위 및
가사를 입히는 것으로 집약된다. 이어서 향 공양을 올린 후 오
체투지의 예를 올림과 동시에 종이 세 번 울린다. 의례가 끝나
면 손을 씻은 후에 꽃 공양이 올려진다. 잠시 향 실의 문이 열
리고 외부의 공양자에게 꽃을 공양할 수 있는 시간이 주어진
다.

전통음악에 맞추어 의식이 진행된다. 큰 쟁반에 십여 개의 차공양이 준비되어 면포로 덮어진 것을 정중하게 높이 올려 들고 잠긴 문이 열리자 들어간다. 이어서 향공양이 들어갔다. 큰 놋그릇에 담긴 마제를 하얀 면포를 덮은 채 높이 들어 법당 안으로 가져간다. 참석한 스리랑카인과 관광객은 빽빽이 서 있는 자세여서 압사당할 듯한데 그대로 이 층으로 올라갔다.

안내인이 가르친 곳을 바라보았다. 5미터가량 되는 직사각형 단에는 참배객이 가져온 희고 붉고 노란 연꽃 송이들로 가득 찼다. 정면에는 아래층에서 문이 열리자, 멀리서 반짝거리는 부처님이 눈에 들어왔다.

스리랑카의 헌법에는 불교를 다음과 같이 규정하고 있다. '스리랑카 공화국은 모든 종교에 대하여 헌법에 권리를 보장하면서, 불교에 그 첫 번째 지위를 부여한다. 따라서 불법을 보호하고 촉진 시키는 것은 국가의 의무이다.' 공양 의례가 단순히 형식적인 의례가 아니다. 눈앞에 현신하신 부처님을 모시는 것처럼 예경하는 스리랑카인의 종교적인 심성을 이해할 수 있다.

인도 아쇼카왕의 친아들 마힌다 장로의 불교 전래 이후 불교사에 있어 특기할 세 가지 사건이 있다. 첫째는 바로 석가모니 붓다가 깨달음을 얻을 당시 그늘을 제공해 주었던 보리수가 스리랑카로 이식된 사건이다. 둘째는 기원전 1세기경 제4차

불전결집(佛典結集)이 열린 후 스리랑카 중부에 자리한 알루 비하라(Aluvihara)사원에서 결집된 삼장(三藏)을 최초로 패엽 경으로 편찬한 일이다. 셋째는 석가모니 붓다의 입멸(入滅) 후 나투신 치아사리(齒牙舍利)가 인도에서 스리랑카로 이운된 일 이다. 이 세 가지의 역사적인 사건들은 스리랑카인에게 불교도 의 자긍심을 높이는 중요한 일이 되었다.

유료박물관 계단 입구부터 벽에 붙여진 그림이 심상치 않 다. 캄캄한 세계이다. 검은색으로 오른쪽 부분은 관이 묻힌 무 덤으로 보인다. 탱화에는 사후 세계인 듯 검은색 영혼으로 부 처님이 그려져서 두려워하지 말라고 미리 알려주는 듯하다.

　　처음 보는 그림이다. 사후의 세계는 어떨까. 만다라 그림도
동서남북 방위에 앉아 수행하는 미로이다. 영과 혼이 분리되
었다 하여도 이 그림에서는 하나다. 하얀 코끼리를 타고 극락
세계에 도달하면 캄캄해도 무섭지도 외롭지도 않겠다. 하지만,
그곳에도 부처님이 안주하여 보호해 주고 있다. 처음엔 무서웠
으나 이젠 준비해 두는 마음이 드니 편안하다. 낯선 세계의 그
림이 눈에 들어 급한 마음에 사진을 찍었다.

　　계단 옆의 다른 그림이다. 손에는 두 손 모아 꽃을 공양한
다. 니르바나에 도달한 듯 편안하다. 꽃 공양 올리는 재가자는
수염이 그려진 형태로 보아 선택받은 국민이다. 지금도 스리랑
카 남자들은 둘러 치마를 입고 배꼽 근처에서 매듭을 한다.

　　생사는 무엇일까. 축복받으며 태어난 후 일평생 현실 앞에

서 무엇을 하며 살아왔는지
뒤돌아보게 한다. 코끼리가
이끄는 대로 간다면 생명이
멸한 후에도 인간으로 다시
윤회할 수 있을 것만 같다.

과거 현재 미래가 공존하
는 스리랑카에서 참 공양이
어떤 것인지 가슴에 새긴다.

〈2018. 12. 14. 여행작가 연재〉

폐엽경과 알루비하라 사원

사원 입구의 종각이 낯설지 않다. 한국에서 제작하여 기증
했다는 범종은 양국의 우호 관계를 이어주고 있다. 종의 뒷면
에 'south korea'가 낯설지 않다. 2015년 대한불교조계종의 초
청으로 스리랑카 스님들은 무차선대회(無遮禪大會)에도 참가
했다. 나라꽃은 연(蓮)이다. 3층 사원의 경계에조차 연꽃봉우
리를 펼쳐 놓은 듯 좌대 위에 박물관이 있다.

알루비하라(Aluvihara) 사원에 도착했다. 차창 밖 멀리서
도 불가사의한 큰 바위가 눈에 들어온다. 큰 바위는 회색빛 코

끼리 등 위에 앉은 부처님으로 보인다. 코끼리 큰 귀의 늘어진 듯한 모습과 굵은 다리는 걸어가는 형상이다. 가까이 다가서자, 마틸레 바위산에 세워진 황금 부처님이 위엄을 나타낸다.

14개의 동굴 입구가 가팔라 보였다. 스님만 올라갈 수 있다는 꼭대기 코끼리상 위의 사원 탐방은 어쩔 수 없었다. 스님들의 수행처로 삼은 동굴에서 동굴로의 이동 경로에 밀랍 인형으로 된 스님 상이 세워졌다. 승려들이 실제 모습처럼 걸어가는 듯하다.

　이곳에선 스리랑카 패엽경 제작 기법이 전수 되고 있다. 나무 잎사귀를 여러 단계에 걸쳐 가공한 후 그 위에 철필로 글자를 새겨 보존한다. 수행에만 몰두했던 승려는 기근이 12년 동안 계속되자 상의했다. 불경을 외우던 500여 명의 승려는 힘을 모아 기록하자는 내용이다. 패다라수 나뭇잎에 철심으로 일일이 기록하였다.

　패엽경인 알루비하라 사원은 불교의 초기 경전을 최초로 문헌化하였다. 야자수 잎에 새겨 불교의 상징이 되었다. 대장경으로 남았다. 500명의 스님이 7년에 걸쳐 이루어진 패엽경은 영국에 의해 불태워졌다. 18세기 후반 5명의 스님이 10년간 만든 패엽경만 전한다. 나뭇잎에 철심으로 새겨 오늘날까지 전해지며 고려 팔만대장경의 원본이 되었다.

　처음 만들어진 패엽경은 전부 소각되어 버렸다. 근래에 필사 제작한 경장 5부, 율장 5부, 논장 7부 총 17부의 패엽경 삼장(경장, 율장, 논장)이 팔리어로 보관되어 있다. 삼장은 최초로 성문화된 오랜 경전이며 불교사적으로 중요한 유산이다. 붉은색의 표지에 두꺼운 경전은 재탄생된 모습이어서 아쉬움을 더했다.

패엽경과 팔만대장경은 나라의 위기 상황에 승려들이 만들었다. 스리랑카의 패엽경은 팔만대장경과 비유한다는 소리에 의문점이 더해 갔다. 패엽경은 구업 진언으로 공양 의례 하다가 후세에 남기려 만들었다. 법공양(法供養)으로는 으뜸이다.

나는 해인사의 팔만대장경을 존중한다. 대한민국의 전문해설
사 말을 빌리면 해인사도 몇 번의 화마를 입었지만, 장경판전
은 축조법이 달라 세계유산 1호가 되었다. 높은 지대에 세워진
장경판전은 숯과 바다 흙의 온도와 나무로 통풍구를 낸 점은
아직도 풀지 못한 수수께끼다. 덥거나 추워도 장경판전 바닥은
땅바닥에서 올라오는 자연 습도조절로 움직일 수 없는 세계유
산 1호이다.

　알루비하라 사원에서 빈 곳이 많은 책장을 바라보았다.
500명의 스님을 떠올려 본다. 스리랑카 국민을 위하여 오체투
지와 소신으로 작성했을 경전 공양이 눈앞에 어른거린다. 패엽

경은 어두운 세상에 불경의 기록과 함께 광명의 빛을 냈다. 쌀가루와 먹물을 이용하여 글씨를 도드라지게 한다. 야자나무 잎에 기록한 귀중한 패엽경·금니·윤장대를 친견한 일은 잊을 수 없는 행운이었다. 그 기법은 지금도 관광객을 상대하여 팔리어로 조각해 주고 있다.

이 사원의 박물관은 2,100년의 역사를 지니고 있다. 박물관 사원에서 기본예절은 맨발이다. 정갈하게 정리된 마룻바닥에 젊은 남녀 여남은 명이 군데군데 앉아 합장 기도하고 있다. 알아들을 수 없는 나직한 주문과 더불어 어떤 공양을 하였을까. 각국에서 기증한 부처상들이 사각형의 둘레를 가득 채우고 있다. 인도 부처님 형상이 다르고 네팔·베트남·일본에서 기증한 부처님도 각기 다른 특색을 보여 주고 있다.

아쉬움을 뒤로한 채 열반당에 들렸다. 더 큰 보물을 얻은 셈이다. 열반상의 발바닥 앞이다. 한쪽 구석에는 머리가 하얗게 센 노파가 하얀 옷을 입고 가족으로 보이는 젊은이와 어린 학생과 주문을 외우고 있다. 아난다 존자를 그리워하는 듯 경

전을 펼쳐 들어 몰입한 학생과 눈을 지그시 감은 노파는 열반 경이라도 외우고 있는지 궁금하다. 조용히 관광객을 우선 배려 하는 마음 또한 읽었다. 열반당에는 불전함보다 꽃 공양 함이 더 크다.

　서 있는 밀랍 인형 스님이 내 온몸을 편안하게 만든다. 불 교에 귀의하고 싶게 하고 서 있다. 참 불자가 무엇인지 기도할 때의 마음 자세를 배우고 간다.

제주도를 너무나 닮은 인도양의 흑진주에서 나는 무엇을 캐내었을까. 아홍갈레 해변의 금빛 모래가 다시 나를 부르고 있다.

〈2019. 2. 여행작가 연재〉

Chapter_ 2

중국·베트남·태국

지게 진 스님

유난히 달그락거리는 소리가 멀리에서 점점 가까이 들려왔다. 인파 속에서도 규칙적으로 달그락거렸다. 고개를 돌려 바라본 순간 도로를 따라 남루한 사람이 일정하게 구부리고 펴기를 거듭하며 오고 있다. 먹물 옷에는 듬성듬성 꿰매어진 실과 땟국자국이 반짝거리고 있었다. 도로변을 따라 오체투지로 올라오는 사람은 깎은 머리가 1cm 정도여서 스님인지 아닌지 구분을 못했다.

오대산 순례 길이었다. 관음 도량, 지장 도량을 돌아 문수 도량이 산재한 오대산에 오른다. 높은 지형에 따라 산소가 적어 호흡곤란으로 적응하기 힘든 고통도 잇따라 체험하였다. 원효대사와 자장율사의 가르침도 선지식으로 받아들이며 새로운 세계를 접하였다.

순례 마지막 날, 안내원은 중국 내 사찰 중에서 유일한 티베트 사원으로 안내했다. 느낌이 중국 사원과 다른 의식을 살펴보라 하였다. 유난히 사람이 많다. 주차 문제로 뒤엉키는 곳이어서 참배하는 시간과 탑승 시간을 안내원의 지시대로 지켜야 했다. 버스는 경찰 단속에 밀려 예상외로 몇 바퀴 돌았다. 버스와 일행은 길가에 잠시라도 세울 수 없어 숨바꼭질하였다.

그의 등에는 이상한 지게를 지고 있다. 대나무를 굵게 쪼개어 엮어진 사각형 긴 상자가 지게 위에 올려졌다. 그 속에서 금속성 소리가 났다. 달그락달그락. 옷이라도 있다면 구르다 멈추기라도 할 터인데 1m 정도 높이의 상자 안

에는 구르는 도구 하나뿐임이 틀림없다. 무언가 이리저리 굴러
가는 게 일정한 박자감이 있다. 빈 수레가 요란하게 들린다.

지게를 지고 있는 스님은 큰 키에 오체투지를 하며 일정하
게 움직이고 있다. 무슨 잘못을 저질렀기에 누가 고행시키는
지 궁금하다. 버스를 기다리는 일행 가까이에 스님이 도착하였
다. 스님은 눈동자조차 흐트러짐 없이 앞만 일정하게 바라보고
정진하고 있다.

나는 탁발하는 줄 알았다. 달그락거리는 소리를 목탁 소리
로 간주하며 그 스님에게 합장하며 소원성취하기를 기도하였
다. 내가 합장한 채로 잠시 멈추자, 스님은 빠른 속도로 올라가

버린다. 울컥한 마음에 그만 스님을 쫓아갔다. 지게와 남루함은 알 수 없는 정체였다. 일행을 뒤로하고 앞으로 쫓아가 지폐 두 장을 지게 안에 조심스레 보시하며 꽂으려 할 때였다.

　깜짝 놀랐다. 지게 안에 꽂는 느낌을 느꼈는지 스님은 정색하고 "뿌요, 뿌요." 하였다. 여태껏 보시 금을 드리면 거절하지

않았다. 놀란 나머지 "죄송합니다." 하면서 뒤로 물러나고 말았다. 스님의 수행에 방해가 되었다면 이를 어쩌나. 티베트 사원 근처에서 남루한 스님의 정체성을 몸소 체험하며 존경스러웠다.

오늘 나는 내 안의 무엇을 찾으려고 이곳까지 나섰을까. 그 스님 때문에 다시 한번 티베트불교에 대하여 경외심을 자아냈다. 초발심을 따라 40대 때 강원도 상원사에서 문수동자를 보았다. 다른 부처보다 머리 양쪽으로 쪽진 모습이 생기 있어 마음 안에 믿음으로 가득 찼다. 강원도 오대산에서 알현한 문수동자로 인하여 중국 오대산 지혜의 문수동자를 찾아 나섰는데 티베트불교까지 체험해 보고 싶어졌다.

스님 무릎에 덧대어진 것은 무엇일까. 손바닥에는 얇은 판자를 끼고 이마와 다섯 군데를 땅에 맞대어 절을 하고 있다. 납작하게 절하는 모습은 어깨와 허리가 수평이 되고 이 세상 모두를 하심의 자세로 내려놓았다. 삼보 일 배에 견줄 바가 아니다. 허리까지 온몸을 땅에 마주 닿게 낮추고 있다.

땅과 내가 하나가 된 모습이다.

누에 벌레가 기어가는 모습이 떠오른다. 일어설 때 엉덩이를 들고 무릎을 세워 가면 합환 되었다가 펴지듯 하겠다. 오체투지로 절하는 티베트 사람은 평균수명도 짧다 하였다. 지게 가득한 욕심을 하나하나 버려 달그락거릴 때까지 비웠다며 알리고 있다. 버리고 또 버리면 이런 자세와 마음이려나.

길가에는 사다리 모양이 하얀색 페인트로 그려 있다. 큰 돌마다 이곳 사람의 희망처럼 사다리를 타고 천상의 그분께 가려나 보다. 하얀색 사다리는 그린 곳보다 더 높이 그리려 발버둥치며 무엇을 다짐하며 기도할까.

화두를 정하여도 오랫동안 지속하지 못하여 깨뜨리기 일쑤였다. 업장을 쌓는 일은 무엇이며 업을 소멸하는 일은 무엇인지 궁금하다. 내 부모 내 이웃에 고개를 돌리라 한다. 따뜻한 마음 구석에 배려할 의지는 지게를 지고 있는 스님을 더욱 생각나게 한다.

빈 수레가 요란하지 않는지 되새겨 보는 아침이다.

〈2020. 5. 25. 수필과 비평 동인지〉

그림이 주는 참회문

약천사 갤러리에서 전시가 열렸다. 지하 법당 전체가 관람 장소이다. 입적하신 혜인스님과 직전 주지였던 성원스님의 글을 모아 전시하고 있다. 경전과 우주 전체가 하나로 되어 마음의 양식을 가득 담았다. 평소 혜인스님과 신도가 일상을 나누던 모습처럼 살아 있다.

만상좌 주지 스님이 1층 법당에서 법문을 하셨다. 400여 년 전, 경북 예천에서 실지 있었던 일을 지금의 세태와 비교하였다. 세계에서 하나뿐인 언총(言塚)에 대해 새로운 법어로 다가왔다. 자주 싸워가자 하고 싶은 말을 글로 작성하여 무덤을 만들어 봉 하였다. 법문 중에 "삼만 단어의 언어 중에 비수로 꽂은 단어를 포함하여 매일 참회하라." 하였다. 말 무덤을 만들어 가슴에 언총을 만들자 하였다. "무덤님, 잘 계셨습니까? 오늘 하루도 실수하지 않겠습니다."를 강조했다. 그 앞에서 회의하면 싸움이 잦았던 일도 덜 했다. 의미심장한 법문이었다.

2층의 십만 불을 친견하려고 올라갔다. 예전에 무심코 지나친 벽화 앞에 발길이 멈췄다. 약천사 벽화에는 달마대사와 혜가 스님의 왼 손목을 자르며 피 흘리는 장면이 있다. 하얀 눈 위에 떨어진 손목은 붉은 피가 매화로 보였다. 아니. 이 벽화가 언제 그려졌단 말인가. 아래층으로 내려가는 계단 벽화에는 달마대사의 짚신 한 짝을 어깨에 멘 그림이 조성되어 있다. 나는 이 깨달음을 찾으려고 중국 오대산까지 갔단 말인가.

현통사에서다. 9년 동안 벽면 수도하던 달마대사는 혜가 스님이 간청하던 3년 수행 공부에도 등을 돌리지 않았다. 혜가는 싸움터의 장수로서 수많은 사람을 죽이고 나서 가르침을 청하자, 달마대사는 꿈쩍도 하지 않았다. 참회하는 마음공부가 덜 되었음이다.

중국 오대산의 사찰 벽화에는 무릎 꿇은 혜가 스님이 있다. 오대산의 관음전 벽화는 양각으로 만들어져 닷집 지붕이 있고 그 안에 관세음보살은 아기를 품에 안고 있다. 벽화 가득 불보살에 생명력을 불어넣은 그림이다. 관음전 정각 바로 옆에 앉은 달마대사는 조금 높은 곳에 앉아 벽면 기도 중이고 혜가 스님은 무릎을 꿇고 포살 자세를 취하고 있다.

　달마대사는 혜가한테 '너의 마음을 보여 달라.' 했다. 손목을 자르며 팔뚝까지 베어도 혜가의 참회 기도가 이르지 못하였음을 달마대사는 알았다. 혜가는 포살 자세로 무릎 꿇어 칼을 들고 '내 목을 내놓으면 제자로 받아주겠느냐?'고 간절하게 청하는 소리가 들리는 듯하다. 목을 베려 할 때 달마대사는 벽면 수도에서 뒤돌아 앉으며 혜가를 제자로 받아들였다.

　한참동안 관음전 벽화 앞에 섰다. 수수께끼 찾듯 중국 사찰 안에 두 바퀴를 돌고서야 사진을 찍고 왔다. 포살 기도 자세가

너무나 애절하게 조각되었다. 살아 있다. 법화경을 독송할 때
포살 자세로 해 보았다. 한 시간이 지나자, 무릎에서 허리까지
끊어질 듯이 아팠다. 엄청난 수행을 요구하는 기도법이다. 한
국에 불교를 전한 자장율사의 원본 불교지인 현통사를 찾지 못
했다면 약천사의 달마대사 그림 또한 의미를 알아차리지 못했
을 것이다.

　달마대사는 인도의 왕자였다. 부처님처럼 구도를 찾아 동
쪽으로 갔다. 경전에서 읽은 내용이 실감이 나지 않아 성지순

례를 통하여 오랫동안 찾아 헤맸다. 달마는 수행을 통하여 속이 비워질 때까지 혜가의 참회가 이루어진 다음에야 제자로 받아들였다.

그림이 주는 참회문이었다. 마음이 정화된다. 여느 화가의 그림보다 경전 한 권을 읽은 것보다 나에게 깨달음을 주는 이유는 무엇일까.

〈2019. 9. 30. 제주일보 해연풍〉

높은 곳을 향하여

기도는 왜 하는지 눈을 감아본다. 옛날부터 이렇게 험하고 높은 곳을 향하여 오르고 또 오르며 기도를 한 이유는 무엇일까. 사람은 영감을 받으며 기도에 빠져들고 수행의 한 방편으로 삼았다. 가족의 건강을 발원하거나 특별한 목적이 있을 때 단기 기도를 한다. 그럴 때면 이만큼 지낼 수 있게 되어 '부처님 감사합니다'로 변한다.

중국 오대산 성지는 험하기로 소문이 났다. 특별한 기회가 아니면 갈 수 없다. 북경에서 버스로 5시간을 이동하여 1박을 하고 다음 날 서너 시간 이상을 오대산으로 향했다. 손까지 시려와 겨울옷으로 갈아입어야 했다.

불교 전문여행사에서 동행하였기에 현공사-동대-북대-중대- 태화지-서대-남대-현통사-탑원사를 순례할 수 있었다. 해

발 3,000m에 이르니 차량도 문제이거니와 계절적으로 늦봄에서 여름이 아니면 통행할 수 없다. 강원도 오대산도 10월 초가 되면 눈이 내리듯이 중국 오대산은 여름 한 철밖에 움직이지 못한다.

이번 순례에는 조계사 신도 15명과 함께 하였다. 오래전부터 죽기 전에 꼭 오르고 싶었던 기도처이다. 중국 오대산과 강원도 오대산의 사찰은 어떻게 연결되었으며 문수동자의 원류를 찾아보고 싶은 의문이 생겼다.

중국의 4대 성지순례 중 꼭 가봐야 할 곳으로 세계유산에 선정된 곳이다. 신라 선덕여왕 때 자장율사가 중국에서 경전과 불상, 가사와 부처님 정골 사리를 가져와 상원사와 통도사에 봉안하였다. 황룡사구층탑이 세워진 배경이다. 상원사 적멸보궁을 참배하고 나니 언젠가는 중국 문수도량을 찾고 싶은 욕망도 생겼다.

내가 30대 때, 문수동자를 처음 친견하였다. 강원도 오대산 상원사 순례는 머리 두 쪽의 상투 머리가 인상 깊었다. 상원사는 선방으로 일반인의 출입을 통제했다. 주지 스님과의 인연으로 재적 사찰 신도 이십여 명은 상원사에서 1박 하였다. 상원사 새벽기도에서 참선하였다. 특히나 국보로 지정된 세조의 피 묻은 저고리는 지금도 잊지 못한다. 다라니 도장이 찍혀진 저고리는 불심이 깊지 않던 내 마음을 사로잡았다.

문수동자는 관대걸이에 옷을 걸쳐놓았다. 상원사 입구 냇가에서 세조와 대화하였다. 문수 동자는 등목하는 세조의 피부병을 낫게 하였다고 전한다. 문수동자는 등목 후 홀연히 사라져 어디로 갔을까. 이를 계기로 세조는 복장불사를 하였다. 임금님이 입는 상의에 다라니를 찍으며 무수한 죄를 사하였다. 몇백 년이 흐른 후, 개금불사를 하려고 복장이 해체되면서 발견되었다. 피 묻은 저고리는 국보로 지정되었다는 사실을 지금도 기억한다.

중국 오대산에 오르는 봉고차에서다. 눈은 군데군데 녹지않고 하얗게 자리했다. 차창 밖으로 아래를 내려다보면 깊고

푸르른 계곡이 V자로 펼쳐지며 아찔했다. 초록 사이에 황톳길만이 올라온 흔적임을 알려줄 뿐이다. 누군가는 무서움을 느끼면 고개 들어 하늘만 쳐다보라 하였다. 중간 부분 초원에는 牛보살이 떼를 지어 풀을 뜯고 있다. 고산지대의 키 작은 야생화가 牛와 벗하고 있다. 도로 옆에는 고산식물과 흙이 겨우내 얼렸다 풀리기를 반복하여서인지 퍼석하게 들떠 있다. 비가 오면 금방 떨어질 것 같다. 문수보살의 넓은 품은 알프스를 닮았다.

중간지점에서 여권을 검문 검색하는 검색대도 통과했다. 통로를 지나면 작은 차량으로 바꿔 타고 비포장도로를 구불거리게 1시간 정도 올라갔다. 미니버스는 말 타듯이 덜컹거리며 달렸다. 구름이 살짝 낀 곳을 지나갈 때는 하늘에 붕 떠 있는 세계를 무섭게 체험하였다. 운전기사는 비탈지며 갈지자형 반사경도 없는 도로에 경적을 울리며 서로 신호할 뿐이다.

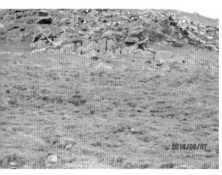

2,700미터 지점에 이르자 하늘과 맞닿은 느낌이다. 겹겹이 보이는 산봉우리가 바다처럼 느껴졌다. 부서진 바위 조각들이 날카로워 보는 이에게 위협한다. 순례객이 올려놓았는지 돌탑이 무리 지어 자리했다.

1,600년 전부터 오대산에서 수행 정진하다 남긴 스님의 부도탑으로 비추어진다. 이웃하는 바위들이 거리를 두고 일정하다. 타르쵸가 오방색 깃발로 나부끼니 티베트불교 내음이 난다. 중국 오대산에는 문수보살이 1만 권속과 함께 상주한다는 의미를 알 것 같다.

일주문과 같은 산문이 보였다. 커다란 태양석에 '緣佛得福' 붉은 글씨체가 오가는 순례객을 맞이한다. 아슬아슬한 도로를 하늘만 바라보며 올라온 순례객을 한마디 단어로 위안하였다. 주차장에 도착하자 200여 대의 차량이 즐비하여 마음조차 넓어진다. 적멸보궁의 특징은 정상에 오르면 번번하여 문수보살 1만 권속의 상주處 같다.

동대 망해사였다. 겹겹이 보이는 산봉우리가 바다와 같다 하여 망해사라 하였을까. 지극히 삼보일배하며 계단을 오르는 스님도 보인다. 겨울옷을 입고 올라간 곳은 파란 하늘에 햇볕이 따사롭다. 중국에서도 꼭대기라 일출도 늦은듯하다.

사시불공 시간이다. 비구와 비구니 20여 명은 범어로 예불하고 있다. 상단에는 공양물이 가득 올려져 있다. 스님들은 물병 하나씩을 경전 옆에 놓고 서서 염불하였다. 목이 마르면 마시는데 어느 스님 물병에는 얼음만 있었다. 내가 가지고 간 보이차 한 병을 스님 물병에 눈짓으로 허가받으며 부어 올렸다. 茶 공양. 오대산 적멸보궁에서 올린 보이차는 스님의 염불 중에 목마르지 않기를 염원하였다.

살아 있는 부처를 닮은 오대산 스님께 올린 차공양은 쾌감이 좋았다. 중국의 문수동자는 거대하고 활짝 웃는 부처님으로 동대·북대·중대·태화지·서대·남대마다 모셔져 있다. 참회 기도를 하며 건강하게 해달라고 빌었다. 여기까지 달려오며 지친 마음마저 스르르 녹는다.

〈2019. 6. 23. 제주수필과 비평 동인지〉

종소리

　새벽녘, 종소리에 잠을 깬다. 아침 예불을 위해 앉으니 아련한 종소리가 꿈결처럼 들리는 듯하다. 번뇌를 끊고 중생의 깨달음을 위해 삼십여 년의 대역사 끝에 세워진 신라의 성덕대왕신종. 중생 재도(齋禱)에 일생을 바쳐 지장보살이 된 신라 왕자 김교각 스님이 세운 활불의 종소리이다.

　경주 국립 박물관을 찾았다. 박물관 정문을 들어서자마자 유난히 여운이 긴 종소리는 내 전신을 파고들며 휘감기 시작했다. 구천을 맴도는 원혼들의 넋을 구제하는 소리인가, 속세에 찌든 범인을 제도하는 소리인가. 그 소리는 바람을 타고 경내를 돌고 돌았다. 거대한 법당에 들어선 느낌이었다.

　소리를 따라 발길을 옮기니 종(鐘) 앞으로 인도하였다. 종의 몸체에는 당초(唐草) 무늬가 띠를 두르고, 종을 치는 당좌(撞座)에는 섬세하게 부조된 연꽃무늬가 피어나는 듯했다. 종 한가운데에 손잡이가 달린 연꽃 향로를 받쳐 들고 있는 이름 모를 여인의 비천상은 성덕대왕의 극락왕생을 염원하는 비구니처럼 보인다.

　성덕대왕신종의 명문(銘文)에는 모양은 산과 같이 우뚝하고 소리는 용의 울음 같아 종소리를 듣는 사람은 복을 받을 것이라 양주 되어 있다. 돌아오지 않는 큰아들을 가슴에 묻고 속울음 삼킨 성덕왕의 고혼이 종소리가 되어 신라에 퍼진 것은 아닐까. 서른네 해 동안 음관(音管)과 명동(鳴洞)의 제작에 몰입했다던 신라인의 불심과 지혜에 가슴이 저며왔다. 무거운 종을 물고 승천하는 용뉴(龍鈕)의 비룡상은 불제자의 마음에 촛불을 켜게 한다. 경덕왕이 아버지 성덕왕을 기리고자 만들기 시작하였다. 우여곡절 끝에 그 아들인 혜공왕 때까지 2대에 걸쳐 완성했으니 유네스코 세계문화유산으로 인정받고도 남을 만하다.

특별 전시된 부처님을 뵈면서 잠시 깊은 감회에 잠겼다. 오래전 불자 모임에서 지장보살을 친견하러 중국 구화산에 갔을 때였다. 고귀한 신분의 신라 왕자가 왜 험하고 습기가 많은 구화산까지 찾아와서 활불(活佛)이 되었는지 도무지 믿기지 않았다.

승려 혜초나 원효 의상대사가 그 시대 인물이고 보면 불가능한 일도 아닌 듯싶다. 성덕왕은 다섯 명의 아들 중에서 장자(長子) 김수충을 당나라에 유학 보내고 차자(次子) 중경을 태자로 삼았다. 유학 후 돌아온 장자는 세자 책봉에서 밀려나고 생모마저 궁궐에서 폐출당하자, 불교사상에 마음을 묻었다. 왕실의 암투 대신 선택한 길은 참된 진리를 찾아 떠나는 고된 수행의 길이었다.

　다리가 후들거리는 아찔한 계단이었다. 만여 개의 계단을 삼보일배로 수행하는 중국 스님의 모습도 눈에 선하다. 빨래터의 왁자지껄한 여인도 아랑곳하지 않았다. 내가 척추 수술 후 불편한 몸으로 구화산에 갔던 일은 지금 생각해 보아도 꿈같은 여정이었다. 지장보살을 염불하며 두 지팡이를 짚고 일만 계단을 올랐다. 기적처럼 사시불공에 동참할 수 있었다.

구화산은 중국 4대 성지 중 하나로 아흔아홉 개의 사찰을 품고 있는 지장 신앙의 본산이다. 김수충은 구화산을 개간하여 마을을 이루고 신라에서 가져온 차와 볍씨로 직접 농사도 지었다. 그 지방의 소득원이 되는 녹차 문화와 벼농사도 신라에서 건너간 것이란 소리를 들었다. 수도승들은 안녹산의 난으로 당나라가 황폐해도 자급자족으로 동굴 주변에 경전을 펼쳐놓고 선정(禪定)에 빠졌다.

　'지옥이 텅 비기 전까지는 성불하지 않으리라.'를 화두로 모시고, 추위와 싸우며 흰 흙에 약간의 쌀을 섞어 1일 1식으로 용맹정진했다. 김수충인 김교각 스님을 만나 깨달음을 얻은 승도들이 자발적으로 절을 짓고 수행에 나섰다는 말에 숙연해졌다. 신라 왕자 김교각 스님은 큰 규모의 기원선사에서 주석하였으니 수도하는 승려가 1,500여 명을 넘었다. 그야말로 살아서 중생을 제도하였다.

　소식을 들은 당나라 황제는 편액과 금인까지 내렸다. 중국 최고의 수도승인 지장왕보살로 추앙받았다. 김교각 지장왕보살은 99살에 열반에 들었다. 산이 울리고 돌이 떨어지는 소리가 들려 종을 쳐도 소리가 들리지 않았다는 설이 있다.

　스님의 유언대로 가부좌로 입적하자 중국 장례법에 따라 항아리 옹관(甕棺)에 모셨다. 3년 후 열어보니 몸속의 살과 수

분이 빠진 살갗과 앙상한 갈비뼈 모습 그대로 남아있었다. 후세들은 활불로 여겨 '육신보전'을 지어 모시기로 했다. 주변에 서 있는 바위와 나무들도 지장보살을 닮은 듯하다.

일행은 육신보전 보탑 안에 들어가는 행운을 얻었다. 한지로 여러 겹을 감싸고 육신에 금칠하였다. 사람의 모습인데 가사도 걸치지 않은 채 선정인으로 가부좌를 틀었다. 갈비뼈의 굴곡이 너무 선명하다. 두개골과 옴팡진 눈의 자리가 한때 사람이었음을 보여주고 있었다. 환희심이 일면서 마음속에 숨겨두었던 기도와 '친견할 수 있어 고맙습니다.'라고 중얼거리며 내 목소리도 커졌다. 지금도 눈을 감으면 성불한 김교각 스님의 불심이 종소리로 들리는 듯하여 옷깃을 여민다.

번뇌에서 벗어나고 중생 제도를 위해 세운 범종과 지옥의 마지막 중생까지 구제해야 한다는 지장보살의 가르침이 종소리로 들리는 새벽녘이다. 지장보살이 된 신라 왕자야말로 성덕대왕신종의 울림을 중국까지 전파한 승려였구나. 신라 천 년의 종소리가 두 나라를 흔들어 깨우지는 않을까.

이 성스러운 아침, 목청 돋우어 지심귀명례(至心歸命禮)에 이르면 나는 어김없이 가슴 든든해 오고 어깨가 펴지며 깨달음을 촉구하는 밀어(密語)로 들린다.

〈2015. 4. 15. 제주수비동인지 창간호〉

레이디 붓다

2017/12/19

백옥의 결이 곱다. 레이디붓다를 보면 어딘지 모르게 시름을 잊게 하고 있다. 해수관음상인 레이디붓다 높이가 건물의 30여 층이나 된다. 갓 피어난 연화대 위에 세워져 있어서 동양 최대 규모인 점이 이채롭다. 살아 숨 쉬는 듯하다. 레이디붓다는 원혼을 안아 주듯이 주변도 편안하다. 허공중에 떠도는 억울한 영혼과 미명에 허덕이는 수중 귀객도 서러움을 잊는 듯하다.

오랜만에 남편과 베트남 여행을 떠났다. 나의 예상치 못했던 큰 수술에 대한 보상이라도 해주는 듯하다. 남편은 "살아 있어 주어 고맙다."라며 장난기 어린 농담을 한다. 여행하는 내내 틈만 나면 손을 잡고 사랑의 온기를 전하려 한다.

다낭공항에서 한국에서 출발한 일행과 마주했다. 안내원은 호텔 체크인 시간을 맞추기 위해 볕 좋은 전망대에서 차 한 잔의 여유를 마련해 주었다. '손짜 반도'가 내려다보였다. 해발 700여m의 산은 거북이 모양을 한 손짜반도 전체에 바람막이

역할을 해주고 있다. 100여 척이 넘는 배는 호수 같은 '미케' 해변을 따라 멀리까지 이어진 한 폭의 그림이다.

27km나 되는 '미케' 해변에 섰다. 조개 모래가 기다란 해변을 따라 햇빛을 품어가며 반짝거린다. 줄지어 밀려오는 하얀 거품이 부서지며 사라진다. 이처럼 따뜻하고 평화로운 바다가 속내를 드러내기 싫은 상처를 품고 있다니 가슴이 아프다. 태풍을 피해 모여든 선박은 마치 피난의 대열처럼 진기한 풍경이다. 이야기만 들었던 선상 난민 광경이 이런 것이었을까.

미케 해변은 굴곡이 없다. 사람들은 멀리 나가려면 수심이 얕아 바구니 배를 타야만 했다. 베트남 전쟁이 끝날 무렵 집권층은 정치인과 종교인, 군인과 교사 등 부유층을 탄압했다. 그들은 견디다 못해 바다를 통해 탈출하였다. 피난민과 뒤범벅이 된 광란의 바다였다. 서로 살아남기 위한 아우성이 하늘가

에 맴도는 듯하다. 얼마나 많이 학살당하고 불안에 떨다 조국을 떠났으면 노년층 인구가 얼마 남지 않은 슬픈 현실이 되었을까. 살아남은 선상난민은 타향에서 성공한 후 귀향했다. 목숨을 잃은 동포를 기리기 위해 2003년에 영웅사를 지었다.

영웅사에 들어섰다. 난민의 한이 서린 곳이다. 최상의 사원을 만들기 위해 지금도 진행 중인 비밀의 사원이다. 파란 하늘에 우뚝 솟아 있는 부처님은 선녀 같다. 하얀 옷을 입은 '영웅

사 해수관세음보살'은 멀리서도 바다를 굽어본다. 영혼을 지켜주는 형상이다. 내려다보는 온화한 미소의 얼굴은 편안하여 무엇이든지 이루어 줄 것만 같다.

머리에는 '관세음보살'의 관을 쓰고 얼굴은 '성모 마리아상'이다. 낭창거리는 가사 장삼 자락에 '부처님 수인(手印)'으로 감로수를 들고 있다. 베트남 사람들은 허리까지 흘러내린 숄

모양 때문인지 해수관세음보살을 '레이디 붓다'로 부른다. 종교는 베트남 국민의 80%가 불교를 믿고 10%가 가톨릭을 믿기 때문에 성모마리아 얼굴로 조성하였다. 레이디붓다가 이곳에 세워진 이후, 다낭에는 태풍의 피해가 적어졌다 하니 기이한 일이다.

연화대의 기단 아래에는 법단을 꾸려 놓았다. 내부 관음전에 모셔진 부처님과 커다란 포대 화상이 눈길을 끈다. 웃는 얼굴의 포대화상은 불룩한 배를 내밀며 우리에게 부자처럼 살라고 한다. 부자가 되려는 방문객들의 소망은 어쩔 수 없나 보다. 포대 화상의 배를 하도 만져서 색이 변하리만치 그곳만 닳아 있다. 우리나라와 다른 형태의 부처상이지만 본존불을 보호하기 위해 무인(武人) 사천왕상이 대웅전 안에서 호위하고 있다. 내부 구조물의 2층 이상에는 출입이 금지되어 있다.

남편과 나는 밖으로 나왔다. 병풍을 연상하는 8개의 벽화를 보았다. 한 바퀴나 돌았다. 서로 다른 해수관음보살도가 3m가량 되는 팔각형 기단 외벽에 옥으로 새겨져 있다. 걸음 옮기는 곳마다 중생 구제에 힘을 쏟은 듯하다. 신기하다. 알 수 없는 글과 매끄럽게 깎아진 관음보살도가 살아 있는 듯하다. 기단 아래 출입구에 옥으로 장식된 두 마리 용은 입을 벌린 채 승천하려고 준비 중인가.

우리는 어디서 와서 어디로 가는가. 해 질 녘의 호수처럼 잔잔한 바다가 눈앞이다. 새삼스레 무슨 말을 할 것인가. 부처님 경전에 '이 세상 모든 일은 덧없으니, 그것은 곧 나고 죽는 법이라네.' 수행자는 이 게송을 듣자 한 줄기 광명이 비쳐 들었다고 쓰여 있다.

나는 마당 한 바퀴를 둘러보았다. 편안하다. 마치 내가 죽어 서방정토 극락세계에 노니는 듯 착각에 빠지고 말았다. 레이디붓다 상을 중심으로 광명진언을 외우며 탑돌이 하였다. 온몸이 쩌릿쩌릿 떨리는 찰나가 밀려온다. 얼마나 추웠을까. 배가 뒤집히며 빠져 죽은 원혼들이 레이디붓다에게 고맙다고 합장하는 듯하다.

    저만치서 남편이 다가왔다. 남편도 다낭의 슬픈 사연을 이 제야 알았다. 40여 년 전 난민의 고통을 이곳에 와서 다시 살 펴본다. 남편은 원혼이 극락왕생하기를 빌어주자며 향 하나를 꺼내 든다. 마당의 큰 향로에 분향하였다. 불붙은 향은 동그라 미를 그리며 하늘로 올라간다.

    레이디붓다에 햇빛이 반사되자 더욱 하얗다. 파란 하늘에 뭉게구름이 떴다.

〈2018. 9. 고양문인협회 수필선〉

다낭의 역동성

대숲에 바람이 인다. 댓잎끼리 부딪치는 소리가 교향악으로 들린다. 애간장을 끓게 한다는 대금의 공명 소리는 공간을 비우고 또 채운다. 100년에 한 번 꽃을 피우기 위하여 겉은 단단하고 속은 텅 빈 채 컴컴한 속에서 인내하며 기다리는 것일까.

대나무는 뿌리에서 잎까지 버려지는 일이 없다. 베트남 영화에서조차 대나무가 많이 나온다. 소엽차 맛은 부드럽고 줄기는 가구와 식기가 되기도 한다. 3개월이면 성장하는 끈질긴 생명력을 지닌 대나무 뿌리는 원자폭탄과 고엽제에도 유일하게

살아남았다. 대나무의 가볍고 질긴 성질을 이용하여 건축장의
지지대와 다리를 만드니 온통 대나무 천국이다.

남편은 꽉 잡은 손을 놓지 않는다. 잡은 손은 여행하는 내
내 온기를 느꼈다. 멀리 감돌아드는 해변 끝부분의 건물은 벽
돌을 세워 놓은 모습처럼 마천루가 되어 반사된다. 거북이 모
양을 한 베트남 반도 전체는 해발 700여m의 오행산이 바람막
이 역할을 해주고 있다. 이처럼 따뜻하고 평화로운 바다가 속
내를 드러내기 싫은 상처를 품고 있다는 일이 가슴 아프다. 옛
날의 선상 난민 광경은 태풍을 피해 모여든 선박 같았을까.

다낭은 베트남 중부 최대의 무역항이었고 전쟁 당시에는 미군의 휴양도시였다. 우리나라 청룡부대의 주둔지이기도 하였다. 프랑스·중국·캄보디아·미국과 전쟁을 겪으면서 베트남 사람들은 곳곳에서 오뚜이 같은 국민성이 되었다.

베트남에서 큰 강인 '한강'을 끼고 숙소가 정해졌다. 통창으로 용 모습의 교각이 보였다. 이곳에는 연인끼리 자물쇠를 다리난간에 채우고, 불 쇼를 보면서 열쇠를 강물에 던진다. 사랑이 이루어진다는 속설을 믿는지 불을 보기 위한 사람들이 다리 주변에 서성이고 있다. 불 쇼 시작하기 한 시간 전부터 다리 위에는 차량과 오토바이의 통행을 금지했다. 용은 주말이 되어 어두워지면 다리 위에서 황금빛과 파란 조명으로 꾸물거리며 기어간다. 역동감을 느낀다. 입에서 불을 뿜어내는 용 다리(橋)는 장관이다.

통창 아래에서 벌어지는 쇼를 바라보았다. 남편은 24층 호텔 숙소에서 술을 기울였다. 호텔 창문을 열자, 커튼이 도망칠 듯 센 바람이다. 남편은 감격스러워 행사장의 귀빈석에 앉았다고 몇 번이나 말했다. 다시 이런 기회가 올 수 있을까.

불 쇼를 하는 시간이었다. 용의 입에서 축구공 크기만한 시뻘건 불이 3번 나왔다. 불 쇼가 끝나고 용 다리 옆에 세워진 드래건 조각상이 물을 뿜어내며 분수 쇼가 이어졌다. 불과 물이 어우러지는 한판의 축제장이다. 불은 허공에서 별이 되어 사라졌다. 사람들은 함성을 지른다. 더 이상의 불은 나오지 않고 용 다리 옆 드래건 조각상이 물을 뿜어내며 분수 쇼가 이어졌다. 행사가 끝나자, 차량과 오토바이 무리는 기적소리를 울리며 앞질러 갔다. 베트남 사람은 주말마다 무엇 때문에 두 시간여를 기다릴까.

불 쇼는 베트남 국민성을 닮았다. 국민성은 대나무 기질과 용의 빈 몸통에서 나오는 꺼지지 않는 불씨와 같다. 잠깐의 분수 쇼는 불을 끄는 의미도 있지만 '한강'의 물을 이용하여 예술적이고 메마르지 않으면서 시원스러운 향연을 내놓아 영원함을 상징한다.

베트남 전쟁에서 미국은 장기전에 깊은 수렁으로 빠져들었다. 최첨단 신예 무기인 폭탄을 수없이 투하하고 화학 살상 무

기를 극비리에 동원 시켰다. '오렌지 파우더'로 불리었던 고엽
제이다. 두어 달 동안 지속되던 가뭄에 뿌려지는 고엽제는 하
늘에서 내리는 단비인 줄 알았다. 맨몸으로 맞았던 한국 병사
들은 이미 저세상 사람이 된 지 오래다. 한국 군인들은 고엽제
로 샤워했다. 베트남 군인들은 대나무 다리 밑에서 몸과 머리
까지 잠수하며 미군을 공격하였기에 철수했다.

베트남 국민정신은 대나무의 빈 마디처럼 끈질겼다. 지형을 잘 아는 베트남 군인들은 대나무 숲속 다리 밑에서 몸을 숨겼다. 미군에 원시적인 대 창살로 맞대응했던 베트남 민족 해방군은 어떻게 승리를 이루어낼 수 있었을까.

쑥쑥 자라나는 대나무만큼 미래가 보였다. 오행산의 대나무로 바구니 배를 만들고 대 창살로 무기화되어 꺼지지 않는 등불이 되었다. '대통 찰밥'의 식기가 되고 거실의 시원한 잠자리까지 제공된다.

건축장 인부의 손에 쥔 망치 자루 휘두르는 모습이 예술이다. 넋을 놓아 잠시 선 채 여러 번이나 내려치는 행동을 살폈다. 힘을 주어 망치가 올라간 순간 자루가 활처럼 휘어져도 대나무 매듭 때문인지 가볍게 내리치고 또 올린다. 손짜만을 품

어 안은 오행산은 태풍의 위력을 약화시키는 역동성이야말로
신기하다. 영웅사 계단에 용 모습이나 한강의 용 다리(橋)도
역동성으로 남는다.

　마당에는 대리석으로 조성된 나한상이 사람 키만큼 큰 동
상으로 정좌했다. 조상님으로 환생한 할아버지가 앉아 있다.
다정다감한 친근감으로 다가온다. 15,000명에 이르는 앞바다
에 빠져 죽은 영혼을 품어 안은 듯하다.

　한국에서는 때아닌 대설주의보가 내렸는데 베트남 다낭에
는 태풍이 북상 중이었다. 눈을 볼 수 없는 다낭에서 털옷을 입
는 진풍경이다.

　고기잡이 어선들이 대피한 모습은 아스라이 멀리까지 이어
졌다.

〈2017. 12. 뉴제주일보 해연풍〉

삶을 찾다

　햇빛이 강하다. 숲을 찾고 싶은 심정이다. 태양열이 강하게 내리쬐어도 숲 전체를 덮을 수는 없다. 뜨겁다고 아우성을 치면서 그늘을 찾아 들어가도 그 속에서 오랫동안 활기찬 삶을 살아갈 수는 없다. 굴속에서 햇빛을 못 보고 살아간다면 얼마나 견딜 수 있을까.

치앙라이에 갔다. 불교의 원류를 찾아 성지순례 계획에 따라 출국 일자는 다가오고 포기할 수 없는 일이었다. 그것도 갑자기 동굴에 불어난 물로 갇혀버린 아이들은 언론에 세상을 떠들썩할 때였다. 시시각각으로 들리는 치앙라이 사태에 곤두설수밖에 없었다. 푸미폰 국왕이 서거 이후 6개월쯤 되는 날이었다. 축구 코치 엘카퐁과 13명 축구 선수는 탐루엉 동굴에 선수의 생일 축하 파티 차 들어갔다가 불어난 물로 갇히고 말았다. 무국적자인 '엘까퐁.' 그는 누구일까.

엘까퐁은 생사의 고뇌도 있었지만, 불교사원에 단기 출가하였다. 축구 코치 엘까퐁은 10세 때 살았던 마을에 전염병이 번져 형과 부모를 한꺼번에 잃었다. 그는 골든 트라이앵글 지역의 미얀마 태생이었다. 연로하신 할머니를 뵙고 싶어지자,

고향으로 돌아왔다. 생계 수단으로 태국을 오고 가며 축구 코치를 하였다. 그곳에 가보니 강을 중심으로 3개의 나라를 배만 타면 수시로 오간다. 강가에서 지내던 이들은 여권을 취득 못한 무국적자다.

굴 안에 갇히자, 엘까퐁은 음식과 물을 분배하였다. 아이들이 오래 버틸 수 있게 조절하였다. 생일 파티하려고 굴속으로 가져간 케이크를 조금씩 잘라 주며 당 조절하였다. 굴 안에 들어찬 빗물로 아이들은 굴 끝까지 올라갔다. 구조원은 산소통을 지고 스쿠버 활동하던 분이었지만, 굴곡진 굴 안에서 머리를 부딪혀 사망자도 나왔다. 그는 아이들에게 두려움을 줄이려고 명상을 가르쳤다. 평온을 유지하며 긍정의 힘을 유도했다. 아이들 12명을 끌어안고 명상하는 엘까퐁의 사진을 sns에 공유하였다. 엘까퐁은 하늘에서 내려왔을까.

아이들에게 무서움을 느끼지 못하게 극단의 방법까지 취했다. 주사를 넣고 헬맷을 씌워 침대형으로 안전하게 만들었다. 일대일로 구조자와 하나가 되어 굴에서 빠져나왔다. 마지막으로 엘까퐁이 나왔다. 17일간의 조바심 나는 전원 구출이다.

안내원은 태국 정부에서 과민반응을 삼가며 합심의 결과라 하였다. 굴 밖으로 들것에 실리며 나올 때는 먼저 눈을 가렸다. 살아줘서 고마웠다. 치앙라이 안내원에 따르면 태국 사람은 숫

자 게임을 요행수에 많이 응용한다고 하였다. 4명·4명·5명이
구조되어 445 번호가 인기이며 7월 전원 구출까지의 17일간
717 번호도 삽시간에 인기 숫자로 등장하였다. 무사고로 구출
되자, 국민의 청원을 받아들인 정부는 엘까퐁의 태국 국적을
인정해 주었다.

　트라이앵글 선착장에 섰다. 강 건너보는 왼쪽이 미얀마, 오
른쪽은 라오스이다. 트라이앵글에서 육로로는 다른 나라에 갈
수 없다. 커다란 부처님은 오늘의 무사고와 미래를 향한 바람

까지 품어 안고 있다. 용의 모형을 뜬 배와 두 마리 커다란 코끼리 앞을 지나면 소원까지 이루어진다는 속설이 있다.

양지와 음지는 공존한다. 더위를 피해 찾아든 동굴 안에서 긍정의 힘으로 인내심을 잃지 않은 엘까퐁에게서 세계인은 많은 것을 배운다. 트라이앵글 지역에서는 무국적자와 국적자가 어울려 살아가고 있다.

약간의 시간 동안 트라이앵글 지역 소규모 시장을 둘러보았다. 천연염색 천으로 가득 진열된 상가는 가난 속에서도 삶을 되찾는 탈출구로 전해 왔다.

오늘도 미얀마와 태국 국경을 줄지어 기다리는 사람들은 자유롭게 출퇴근하고 있다.

〈2019. 8. 제주문학 여름호〉

골든트라이앵글 부족을 찾아

첩첩산중에 산이 주는 시원함에 매료되더니 카렌족 마을은 코앞이다. 문명의 흔적은 찾아볼 수 없다. 마을에서 산을 개간하여 농작물을 가꾸었다. 관광객은 비싼 입장료를 내고 들어간다. 입장료는 이들 부족의 생계유지 수단치고는 큰 부분을 차지하였다.

골든트라이앵글은 치앙마이에서 치앙라이로 올라가야 만날 수 있다. 태국과 미얀마, 라오스의 접경지대다. 메콩강을 사이에 두고 출입하여 3국 국경을 낀 삼각지대다. 이름 하여 골든트라이앵글이다.

옛날에 태국의 마약왕 쿤사가 이곳에서 아편을 생산했다. 태국에서 이 지역은 아편을 생산하기에 최적의 기후와 자연조건을 갖추었다. 쿤사는 양귀비를 심어 가꾸게 하며 소수민족을 이용해 아편 착취도 심하였다. 아편으로 인한 병폐가 많아지자 싸움이 그치지 않았다. 세력이 커진 쿤사는 미국과 태국의 군대를 상대로 20여 년에 이르는 아편전쟁을 치렀다. 전쟁은 쿤사의 패배로 끝났다. 이제는 양귀비를 재배하지 않는다.

태국 왕은 이 부족에게 양귀비 재배를 금지하고 주거지역을 정했다. 반경을 나가지 못하게 관광 상품을 제작하여 팔라고 선포했다. 관광객들이 찾는 여행지를 만들게 했다. 어찌 보면 아편전쟁 악명을 씻게 하는 카렌족 보존을 위한 것 같지만, 자녀는 학교에 갈 수 없고 문맹에 가까웠다. 그 소식을 듣고 찾아가고 싶어졌다.

조그만 행동이 밀알로 바라며 학용품을 트렁크에 준비했다. 검색대를 지날 때마다 트렁크를 열고 하나하나 무엇이냐고 물었다. 무게가 좀 무거우면 입국 심사 때 엄격한 규제가 있었

다. 트렁크 안에 비닐로 포장한 학용품을 풀게 하였다. 압수하려다가 스케치 북과 색연필이라는 설명에 놓아주었다. 문맹의 아이들에게 주려던 학용품이 한순간에 날아갈 뻔했다.

카렌족은 미얀마에서 건너온 난민이다. 거주지를 제한하는 이유이다. 태국에서는 양귀비 재배하려고 이들을 받아들였지만, 시민권이 없는 무국적자였다. 타국에서 난민으로 살아가는 마음은 어떨까. 그들은 산악지대 오지(奧地) 깊숙이 숨어 있었다. 두 곳의 자연폭포를 만나자 좁고 가파른 길에 급경사도 많다. 눈에 보이는 곳마다 산이다. 산악 마을은 물이 많고 경치가 좋다.

그곳에는 민속촌을 만들어 수공예품을 판매했다. 스카프와 기념품, 자수 놓은 가방 등이다. 수를 놓는 여인 중에는 롱넥

부족이 있다. 무게가 30kg 되는 놋쇠 재질의 링을 발에도 차고 손목과 목에도 찼다. 아이들은 무릎과 발목에도 차나 목에는 일부만 한다. 바로 누울 수 없고 옆으로 누워 잔다. 발목에 찬 링을 빼면 뼈가 부서진다고 한다. 대여섯 살의 여자아이도 목에 링을 찼다. 가엾다. 초롱초롱한 눈망울은 예쁘다.

3대가 모여 산다. 여인은 누구를 막론하고 수공예 배 틀에 앉아 모직물을 짜거나 수를 놓고 있다. '철커덕, 철커덕.' 여인의 귀 또한 귀고리 무게 때문인지 콧구멍 서너 배나 되게 구멍 난 채로 늘어졌다. 그들은 링을 목에 찬 채로 일상생활하고 그대로 잠을 자고 있었다. 이 시대의 마지막 남은 롱넥 부족이다.

롱넥 부족은 처음에 보호 차원이었다. 맹수들이 사람의 목을 물어버리자, 대항하지 못하는 여인을 지키려고 링을 착용하

게 하였다. 점차로 여인은 미의 극치에 이르러 링이 많을수록 대접받았다. 그 이유도 골든트라이앵글에서 성행되던 노예로 팔리지 않기 위해 링을 착용했다. 외관상 목만 길게 늘어지니 노예로 데려가기는 예쁘지 않아서였다. 빠우동 족은 목에 길게 차야 부자로 간주하고 좋은 신랑감을 얻기 위한 조건이었다.

산악 부족에서는 다른 남성과 불륜을 저지르면 하나씩 링을 빼내는 벌을 만들었다. 벌을 받으면 폐단이 생겼다. 링에 목을 의지하다가 풀게 되면 목 근육이 약화 되어 지탱할 수 없게 된다. 목뼈와 근육은 링이 늘어날 때마다 미인인 듯해도 링을 풀지 않고 그대로 눕는다. 벌을 받아 링이 적어지면 늘어났던 목뼈가 흔들거려 이보다 더한 벌이 있을까.

링이야말로 여인들의 질서를 유지하는 한 방법이었다. 부정에 대한 제재는 수백 년 전부터 내려오는 가부장적 사회 풍습이다. 특이한 모습을 보려고 찾아왔지만, 사연을 들으니 사진 찍는 자체가 미안하다. 사라져야 할 여성학대로 여겨져 더욱더 죄송하다.

학용품을 꺼내어 아이들을 모이게 하니 10명이 넘었다. 줄을 서게 하여 스케치북과 크레파스, 색연필, 싸인 펜을 나누어 주었다. 놀이가 될지라도 아무렇게나 그리면 상형문자가 될 것 아닌가. 두세 개씩 들고 가는 아이들을 바라보니 기분이 좋다.

학용품을 나누어주자, 위쪽의 마지막 천막에서 중년의 남자가 아이를 더 보냈다. 왠지 빈둥거리는 남자가 밉다. 밭일하러 간 줄 알았는데 무엇을 하고 있었을까. 그 남자가 아이에게 그림이라도 같이 그려줄 수 있으면 좋겠다.

여인은 마을 전체에서 물건을 팔고 있다. 맞은편 검은 옷차림의 아카족 여인이 은 장신구로 잔뜩 치레하고 수를 놓았다. 머리에 체크무늬로 화려하게 장식하여 틀어 올리고 부족의 멋을 과시한다. 나무 기둥 양쪽에 매단 요람에 어린 아기를 발로 흔들며 재우고 있다. 그들은 막사 안에서 물병을 넣을 수 있는 주머니에 십자수를 놓고 있었다. 물건을 하나라도 더 팔려고 미소 짓는 서글픔이 애처롭다. 내가 간직하려고 소품을 샀다.

카렌족 선조는 아편전쟁에 연루된 역사가 기가 막히다. 그 마을을 벗어날 수 없게 가두어진 부족이다. 골든트라이앵글 부족은 여자만 살며 물건 팔고 수를 놓는 줄 알았다. 태국 정부에서 풀어야 할 숙제지만, 학교를 모르는 어린이로 되고 있다. 이 지구상에 글 모르고 지내는 부족은 그들이 까막눈인 줄도 느끼지 못한다. 그들은 물물 거래도 할 줄 모른다니 서글픈 일이다.

아유타야 부처님

2019/03/09

　방콕에서 북쪽으로 76Km 정도 떨어진 곳에 아유타야가 있다. 아유타야는 태국 역사에서 뺄 수 없는 곳이다. 우리나라에는 왕국의 흔적과 불교 유적지 정도로만 알려졌다. 다양한 거래와 접근성으로 아유타야는 무역의 중심지로 발돋움했다.

　아유타야로 향했다. 손회장님과 사전 계획을 세우며 제주에서 4명이 떠났다. 부처의 머리는 나무 밑둥지에 줄기로 감싸안은 이유가 궁금해서다. 세계문화유산이 된 연유는 또 어떤가.

　아유타야 왕국은 1350년 건립된 이후 미얀마, 캄보디아, 말

레이반도까지 세를 넓혔다. 보석을 실은 배들이 하천을 다니
고, 백성들도 풍족하게 먹고 은으로 된 향료 단지와 도자기를

갖춰 놓고 살았다. 아유타야는 1767년 미얀마의 침략에 역사
의 뒤안길로 사라졌다. 유산은 남아 역사적 가치를 인정받고
1991년에 유네스코 세계문화유산에 등재됐다.

　왕조의 수도인 아유타야에는 불교문화를 바탕으로 화려한
문화가 꽃피었다. 전성기에는 3개의 왕궁, 375개의 사원, 29개
의 요새, 94개의 대문이 있었다.
　미얀마군은 건물들을 파괴했고, 사원 안 불상의 목을 잘라
버렸다. 무너진 건물과 바닥을 굴러다니는 붉은 벽돌들, 목이
잘린 불상은 참혹하다. 미얀마군의 파괴도 찬란했던 아유타야
왕조의 흔적을 완전히 지워버리지는 못했다.

　　중심사원으로 창건된 왓 프라 마하탓이 있다. 왕족의 여름
궁전으로 방파인 별궁, 왕궁 부지 안에 세워진 왓 프라시산펫,
거대한 와불이 미소를 짓는 왓 로카야수타, 미얀마군의 침략에
도 전혀 파괴되지 않은 채 간직한 왓 나프라멘 등이 있다.

왓 프라 마하탓사원에 들어섰다. 붉은 벽돌이 군데군데 검게 그을려 있다. 안으로 들어갈수록 수많은 부처상이 온전한 모습이 별로 없다. 팔과 머리가 없어지고 몸체만 앉은 부처님이 사태의 심각함을 느낀다.

뒤편으로 들어갔다. 연로한 태국 어르신이 나무 앞에 앉아 있다. 평상이 놓인 이유도 궁금하다. 지친 다리를 쉬어 가라는 배려인듯하다. 더운 날씨에 말리는 사람 없이 평상에 앉았다. 고개를 돌려 바라보니 오래된 보리수나무가 있었다. 그제야 나무 밑둥지에 눈길이 머문다. 누가 먼저랄 것도 없이 벌떡 일어나 합장하고 삼배 올렸다.

예상외로 몸체가 없어진 불상의 머리는 미소를 머금고 있다. 깨달음을 얻었다는 보리수나무 뿌리가 불상 머리를 끌어안고 있다. 나무 밑둥지가 품어 안은 듯한 45cm의 두상이다. 그속에서 꺼내 달라며 나를 쳐다보는 듯하다. 본래부터 그 자리는 아니었다. 나뒹굴어진 불상의 머리는 어디서 날아왔는지도 모른다. 회색빛의 두상은 내 발길을 쫓아다니듯 하였다. 이젠 두상을 빼낼 수 없을 만큼 보리수나무 뿌리가 엉켰다. 얼마나 무서웠을까. 같은 색의 몸통을 찾아도 보이지 않는다.

사람들은 이 참혹한 두상을 보며 특이하게도 살아남았다며 사진을 찍는다. 세계에서 유일한 두상이어서 왓 프라 마하탓 사원을 불교 유적지로 유네스코 세계문화유산에 선정되었는지 알지 못한다. 과거의 부강했던 흔적은 찾아볼 수도 없다.

　　아유타야 역사공원에는 팔과 머리가 잘린 불상들이 가득하다. 사원의 신비로운 분위기에 묻혀 사원 전체가 조각과 벽화로 장식되었다. 부침 많은 역사 속에서도 변함없는 자비의 미소가 사람들에게 큰 울림을 주었다.

　　화려한 문화유산이 많이 남아 있는 중에서도 사람들의 발길이 머문 곳이다.

Chapter_3

티베트·네팔

만다라를 찾아서

살아가면서 죽음을 접하는 일은 공포다. 뜻하지 않은 진단을 받고 보니 분노가 앞섰고 스스로 삭이기 쉽지 않았다. 시간이 흐를수록 집착과 번뇌를 내려놓으며 수용하기 시작했다. 죽기 전에 만다라를 찾아 떠나고 싶었다. 성지순례는 단순한 여행이 아니다. 순례는 종파를 초월하여 부처님 가르침을 쫓는 정진의 시간이 된다. 참배와 참회를 통해 초발심으로 되돌아가는 기회이다. 견문을 넓히기 위하여 나를 찾아 떠나는 길이다.

우연히 홍천 여래사에서 티베트 만다라를 접했다. 주지 스님이 화가여서인지 법당은 온갖 만다라로 가득 채워져 있다. 여러 종류의 만다라를 처음 접하였다. 용기와 살아갈 힘이 빛으로 보였다. 더불어 제2의 인생을 준비하는 계기가 되어 『빛

의 만다라』란 제목으로 첫 수필집도 펴냈다. 하지만, 마음속에
는 항상 목마름이 남았다.

　일 년 반 동안의 병원 치료가 끝나자, 버킷리스트를 정했
다. 내 곁에 항상 계신다고 믿어 오던 부처님 발자취를 찾아 떠
나는 일이다. 스리랑카 순례는 병원 치료 후, 장시간 비행기 탑
승이 가능할지 모험한 곳이다. 2,500년 된 보리수나무는 목마
름에 감응을 주고 다음 성지를 재촉하였다.

　　티베트불교를 찾아 나섰다. 산 자와 죽은 자가 공존한다는 티베트불교는 무엇을 가르치는지 알고 싶었다. 무수히 떠 있는 하얀 구름은 초원에 그림자로 나타날 정도로 지상과 가까웠다. 세계의 최고봉이라는 단어가 실감 났다. 비행기도 난기류에 갇히면 저산소로 빨려 들어가 추락한다. 티베트 중심부 하늘에는 비행기가 떠 있지 않다. 하늘 열차가 중국 서안까지 다니며 관광객을 실어 나른다. 하늘 열차는 고도에 따라 산소공급을 기내에서 자동으로 한다.

　유목민들은 밤낮없이 큰 트럭에 동물과 이삿짐을 함께 싣고 불빛도 없는 곳으로 이주한다. 캄캄하게 어두워지자, 별은 더 커 보이고 손에 잡힐 듯 나에게 쏟아졌다. 산꼭대기에는 오색 타르초가 거미줄처럼 얽혀있다. 티베트인은 마지막 영혼까지 바람이 타르초 경전을 읽어준다고 믿는다.

　사람은 대자연에서 태어나 자연으로 간다. 지수화풍과 윤회 사상이 현존하는 곳이다. 길옆의 주택에는 가축의 배설물을 담벼락에 덕지덕지 붙여 말리고 있었다. 덕지덕지 붙여진 배설물은 부자의 표시다. 유목민이 방목했던 가축의 배설물은 대문 위나 울타리에 많이 쌓여 말릴수록 유일한 땔감이다. 설산이 많아서 가을 두어 달 동안만 땔감을 만들어야 한다.

백거사에 도착했다. 4,000m 넘는 산꼭대기 백거사에는 달라이라마의 스승인 판첸라마가 공부하던 곳이다. 승려가 10,000명이나 수도하던 큰 사원으로 알려졌다. 멀고 먼 시골에서 도착한 티베트 사람 모습은 검게 그을려 있다. 그들은 땅과 하나가 되게 오체투지를 반복하며 걸어왔다. 표정은 건조함 속에 소소한 행복을 느끼고 있다.

경내에 들어섰다. 일주문이 따로 없고 원통형의 글씨가 새겨진 기구에 손을 대면 통이 돌아갔다. 티베트인은 문맹인도 있어서 경전이 새겨진 마니차를 돌리고 나면 한 권을 읽었다고 여긴다. 원통형은 수십 개에 불과한 마니차에서 108개에 이르는 마니차도 세워졌다. 마니차를 돌리며 작은 소리로 '옴 마니 반메 훔'을 외웠다. 그 진언은 내 귀에도 쉽게 들렸다.

신이 머무는 곳은 온통 백색 건물이다. 맑은 영혼으로 언제

든 깨어 있으라 하고 있을까. 티베트불교는 5,000m의 얌드록
쵸[1] 같이 품어 안은 잔잔한 호수를 닮았다. 백거사 외벽 꼭대기
에는 '제3의 눈'이라는 신비한 '영안(靈眼)'이 그려져 있다. 공
중에 걸려있는 거대한 눈에서 신비한 빛이 터져 나왔다. 넓고
흰 벽에서 거대한 에너지가 방출되고 있다.

대법당 안에 들어서자, 황동 관세음보살이 중앙에 있었다.
높이 35m나 되는 관세음보살상은 이목구비가 화려하다. 주변
은 칸칸마다 조성물이 많고 불빛이 약하다. 사진 촬영을 못 하
게 하며 영화 속에서 극히 일부만 보여주어 궁금증을 자아낸
이유를 여기에서 알겠다. 입구에 앉은 승려에게 합장하며 공양
올리려고 환전 요청하였다. 스님은 내밀었던 달러를 티베트 돈

1 얌드록쵸 : 해발 5,000m에 위치하여 설산에서 녹아내린 물이 고인 파란 호수.

으로 환전해 주며 촬영하라는 시늉이다.

참배객은 대법당만 들어갈 수 있었다. 달라이라마가 망명 길에 오르자, 만다라 탱화는 백팔 염주를 뜻하는 수많은 방에 부처님과 같이 모셔졌다. 순박한 그들의 단상을 보면 느낀다. 넓은 법당 중앙에는 두꺼운 붉은 가사를 삼각형으로 두르고 빽빽이 참선 자세로 세워졌다.

천수천안관세음보살 앞에 섰다. 합장하고 부처님 면면을 살폈다. 염화미소로 넘쳐나 어려운 소원을 다 들어줄 것 같다. 답하는 듯 인자한 성품이 내 가슴 속에 들어와 앉았다. 한걸음 뒤로 물러나 배례하고 옆으로 돌아 나서자, 영화 속에서 보았던 장소다. 수행자들은 만다라를 완성 단계에서 진지함이 깃들던 곳이다. 갑자기 들이닥친 중국군은 군화로 걷어차며 짓밟아 뭉갰다. 내 가슴이 먹먹하게 눈물을 흘린 거대한 마루이다. 실제 영화 촬영은 중국군의 감시를 피해 이십여 분 분량만 하였다. 티베트가 억압받던 중에 세상 밖으로 나온 현장이다.

"바로 여기네, 만다라를 그렸던 곳…."

긴 담뱃대 같은 화구로 숨죽이고 모래알을 불며 만다라를 제작하던 모습…. 영화 속에서 기둥과 대법당의 모습도 생생히 되살아났다. 만다라는 산산이 부서졌고 허공으로 날아갔다. 연이어 총소리와 함께 수행자들은 피 흘리며 쓰러졌다. 달라이라마는 왜 망명의 길을 나섰는지 지금도 금기어가 되고 있다.

티베트인은 달라이라마가 떠날 때 금방 돌아오리라 믿어서
일까. 법당 안은 여태 비워둔 모습이 누구를 기다리는 자리이
다. 따라나섰던 승려조차 중앙에 참선하듯 앉혀놓았다. 형상
만 삼각형 가사로 둘러 꿈쩍하지 않는다. 산 자와 죽은 자처럼
곳곳에 공존하고 있다. 만다라는 야크 털 양탄자 걸개로 만들
어 유네스코 세계문화유산이 되었다. 만다라를 응시하다 보면
어디선가 무언의 빛이 되어 되돌아온다.

다양한 종류의 만다라는 우주의 이치를 그림으로 보여주고

있다. 성지마다 만다라가 있는
이유는 분노를 삭이라는 수행
과정일까. 여래사 D스님은 백
거사 참배 이후에 야크 털 만다
라를 여러 개 수집하였나 보다.
그 스님은 동진 출가도 아닌 늦
깎이 출가여서 수행의 근본 기
운으로 삼으려 이곳 만다라 걸
개를 소장하였다.

백거사 밖을 나오자, 주변에
는 만다라 화방이 즐비하다. 말

도 통하지 않고 티베트화조차 환전할 수 없어 나의 만다라를
소장하지 못한 일은 끝내 아쉽다. 나의 희망이었던 만다라를
찾고 나자 그 이면의 아픈 현실을 바라보아야 했다.

어떻게 살아가야 할 것인가. 오늘도 사경하며 진언을 암송
한다. 옴 마니 반 메 홈.

〈2020. 1. 30. 수필오디세이 봄호〉

고원의 눈빛

　「티베트에서의 7년」 영화를 보면서 막연한 동경심으로 꿈을 꾸었다. 푸른 초원과 길 잃은 청년이 넘어온 설산은 마음조차 신선하게 하였다. 세계의 지붕이며 영혼의 나라이고 신들의 언덕이라고 말하는 이유를 알고 싶어졌다.

　티베트로 떠났다. 서안에서 라싸까지 비행기로 이동하였다. 창을 통해 내려 본 쿤룬산맥 설산은 장관이다. 설산은 지그

재그형에 약간은 높거나 낮은 듯 특이한 모습으로 하향 곡선이
이어지고 있다. 구름의 긴 그림자가 내려진 곳에 검푸른 명암
이 생겼다. 사진을 찍었다. 험준한 산세와 높은 고도를 방패삼
고 오랫동안 외지인의 접근을 거부하고 있다.

　조캉 사원에 갔다. 2001년 유네스코 지정 세계문화유산으
로 등록되었다. 티베트인에게 제1의 성지이자 오래되고 성스
러운 성지이다. 불심 가득한 티베트인의 분위기를 느끼기는 최
고의 장소이다.

　사원 앞 바코르 광장은 예쁜 꽃길과 커다란 '타르초'가 세워
져 '룽다'가 관광객과 참배객을 맞는다. 대형 타르초의 오색 깃
발은 건강과 행복을 기원하며 만국기처럼 휘날린다. 세계에서

가장 높은 도시가 티베트라면 높은 산마다 새워진 타르초는 세계의 지붕이라 불릴 만하다. 룽다는 오색 깃발에 불경을 새겨 만국기처럼 펄럭인다. 티베트 사람은 펄럭이는 룽다를 보면서 바람이 경전을 읽고 있으리라 믿고 있다.

어느 사원이든 내부는 관람할 수 있으나 사진 찍을 수 없다. 영화에서도 내부 촬영을 금지했기에 오랫동안 의문점으로 남았다. 영화를 감상한 후 10년이 지나 이곳을 찾고 보니 의문점이 풀린다. 들어가는 입구부터 한 줄로 서서 보안 검색대를 지나야 한다.

조캉 사원 안에 들어서자 2층 계단 입구는 굳게 잠겼다. 철저한 경비태세로 출입이 금지되었다. 중국이 티베트를 점령한 후 문화혁명 기간을 거치며 돼지우리로 사용하게 할 정도로 폐허가 되었던 이유는 무엇일까. 1979년 이후 조금씩 재건되어 오늘의 모습을 갖추었다. 그 앞에서 오체투지 하는 사람들은 먼 곳까지 느린 몸체로 환희심이 가득 차게 절을 하며 왔다.

조캉 사원은 7세기 중엽에 티베트를 최초로 통일했던 손첸캄포왕

이 지은 사찰이다. 건물 내부에는 신화와 전설 및 불교 벽화로 가득 차 있다. 전설에 의하면 문성 공주가 산에 사는 양들을 이용해 흙을 날라 호수를 메우고 그 터 위에 조캉 사원을 건설했다. 아내인 문성 공주는 당나라에서 석가모니 부처님을 모셔 왔다. 이런 연유로 오랜 세월 동안 티베트인의 영적인 중심지로 여겨 왔다. 황금색 지붕이 인상적인 사원은 티베트 예술의 세련된 모습을 보여준다.

조캉 사원 마당의 버터 촛불은 오래도록 인상에 남았다. 방화수처럼 생긴 큰 통에 물이 담겼고 야크 기름을 굳혀 만든 양초 공양 접시 7개가 둥둥 떠 있다.

안내원에게 벽체가 검고 부처님 모습이 희미한 이유를 물었다. 검은색을 일부러 칠한 것처럼 보여서다. 여러 가지 사연으로 불이 꺼지지 않게 계속 켜 왔고 그을음 영향이라 한다. 나라의 흥망과 달라이라마가 망명 위기까지 이르러선 무언들 못하랴. 이젠 닦아 낼 수도 없는 영혼이 깃든 아픔으로 가득 찬 사원이 되었다.

오체투지를 하다가 잠시 쉬고 있는 키 작은 노인 네 명이 눈에 들어왔다. 생김새는 남루하여 거지를 방불케 하였다. 이마에 주름이 가득하고 시커먼 얼굴에 입은 옷은 기름으로 덕지덕지하다. 평균수명이 60세다. 색깔을 분간할 수 없게 야크 기름에 찌든 옷을 입고 '마니차'만 열심히 돌린다. 마니차 안에 경전이 들어있다고 여겨서인지 부지런히 돌리고 있다. 그들은 가난한 얼굴로 보이지만, 가난을 미워하지 않는다.

안내원에게 바꾼 티베트 돈 몇 장을 노인에게 내밀었다. 최소한 4명이 1장씩이라도 나누어 사용하게 건넸다. 필요한 사람만 1장씩 받아 든다. 받아 든 노인의 눈은 초롱초롱하다. "타쉬탈래."라고 인사하여도 미소를 띠며 눈으로 답했다. 호주머니 속의 사탕을 주었다. 남은 두 노인은 금액이 적어서 거부하는 줄 알았다. 늙은 손에 들고 있는 얼룩진 불경이 눈으로 말하는 영혼이었다. 저세상에 가면 가질 것도 버릴 것도 없는 모두가 하나라고 깨우침을 주고 있다.

아프거나 꼭 필요하지 않으면 관광객이 주는 돈도 거부하였다. 가난하여도 주어진 환경을 미워하지 않는다. 나는 고산소증을 이기려고 천천히 팔십 노인처럼 걸었지만, 구토와 부종으로 주사를 맞아야 했다.

티베트 사람은 그동안의 오체투지로도 부족했는지 계속해서 온몸을 바닥에 비비며 '옴마니반메훔'을 중얼거렸다. 옴마니반메훔은 진언이어서 어느 나라에 가도 똑똑히 들려온다. 몸과 눈으로 말하고 있다. 그저 미소를 지을 뿐이다. 미소 속에는 깊은 삶의 무게와 영혼이 담겨 있다. 영혼의 나라답다.

1층 벽면에 새겨진 천불회상도를 따라 강당형의 네모지고 기다란 복도를 돌았다. 내부 벽화에서 특이한 점은 관세음보살 부처님 두 눈이 여자의 모습으로 그려졌다. 유리로 덮인 벽화에 '옴 마니 반메 훔' 글자와 양 한 마리가 나타났다. 또 다른 곳에는 만다라화를 보여준다. 동서남북을 향하여 조각된 상들이 벽면 유리관 안에 화려하게 장식되어 있다.

통로를 따라 걷다가 힐끗 보이는 커튼이 신기하다. 가림 막처럼 내려진 반 커튼과 하얀 천에 검은 문양이 새겨진 이유가 궁금해진다. 흰색 천 안쪽은 마(麻)섬유의 촉감이다. 마(麻)에 덧칠해진 야크 기름은 여름에는 시원하여 자외선 차단을 해주고 겨울에는 보온성을 가져온다. 사각형에 가까운 행운의 매듭 문양은 유리창 크기만큼씩 굵게 수를 놓았다. 돌고 돌아도 하나라는 윤회설을 문양이 깨우쳐 준다.

티베트에서 야크는 사용처가 많다. 야크와 양은 수많은 동식물과 함께 살아간다. 전설과 신화 속에서처럼 동식물과 초원은 신들의 언덕이다. 맹수가 없어서일까. 고원에서 눈빛을 교환한 야크와 양 한 마리는 인간의 의식주 생활에 요긴하게 쓰인다. 살아서는 옷과 침구류가 되고 죽어서는 단백질 공급원으로 고급이다. 인간과 자연의 풍요로운 관계를 야크가 이어주고 있다. 신의 언덕에는 짐승과 인간과의 경계선이 이어진 듯하다.

티베트에서만큼은 원초적인 삶을 내려놓아야 살아갈 수 있다. 인간은 물질과 문명이 없어도 아름다운 삶을 누릴 수 있다고 일깨워 준다. 몸과 마음의 상처를 치유하는 것은 약이 아니라 순수하고 따뜻한 영혼의 힘이다.

티베트를 진정으로 아름답게 해주는 것은 그들의 영혼과 삶이다. 최소한의 물질로 삶을 영위해 나가지만, 자신의 영적인 삶에 대한 존엄을 지니고 있다.

명상에 들어본다. 티베트 여행은 단순한 순례가 아니었다. 자연스레 죽음과 윤회에 대해 편하게 받아들이며 섭리를 이해하고 확인하는 순례길이었다. 오염되지 않은 들꽃처럼 순수한 미소와 눈으로 말하는 표정이 바람을 타고 전해온다.

〈2021. 1월 수필과비평 게재. 2021. 유한근 교수 2월호 월평〉

최라 공부법

　큰 암벽에 폭포가 흐르는 줄 알았다. 안내원 말대로 눈길을 돌리니 물에 탄 페인트를 위에서 부었다. 바닥에 물이 없는 것을 보면 다른 뜻은 무엇일까.

　세라사원 일주문 앞에 섰다. 일주문 앞에는 큰 코끼리 위에 원숭이·토끼·새 한 마리가 차례대로 목말 자세로 올라 앉아 있다. 조각상이지만 최고의 재물로 여겨 금으로 장식하고 구석구석이 정교한 작품이다. 동물 크기는 위로 갈수록 작아 의미를 해석할 수 없다.

　동쪽을 바라보니 산꼭대기에 타르쵸(줄에 매달린 경전)가 길게 걸린 사원이 있다. 조장(鳥葬) 터로 오르는 사원이라 했다. 우리가 올라갈 수 없는 사원이다. 한 시간 넘게 오르다 보면 산 아래에서 살았던 삶을 산꼭대기에서 마감하는 곳이다. 멀리서도 알아챌 수 있게 탕카(탱화)와 암벽에 조각된 불상이 있다. '천장(遷葬)사'라야만 고인의 죽음을 함께하는 특별한 곳이다. 하얀 것은 하늘로 빨리 닿기 위한 사다리 격이었다. 가족은 사원에서 오체투지하며 고인을 향한 기도를 한다. 천장사가 나머지 의식을 대신해 준다.

티베트인들은 영혼과 육이 분리되어 이체되었을 때 다시 인간으로 환생하기를 무한정 바라고 있다. 이제 조장은 철저하게 외국인의 관람과 취재를 금지하고 있다. 만일 조장을 촬영하다 중국 공안에게 걸리면 곧바로 티베트에서 추방당한다.

세라 사원은 600년의 역사를 가진 티베트 최대의 불교대학이다. 3대 사원 중 하나로 불교 엘리트를 길러내는 교육기관이다. 붉은 색채가 많이 들어간 대법당 지붕의 장식이 유별나

다. 대법당(촉첸)을 비롯해 대학과 13개의 승려 숙소가 들어서 있다. 중국 문화 혁명기와 14대 달라이라마의 인도 망명으로 7,000명이 넘던 수도승은 수백명으로 감소했다. 2~3개월 아기에서 학생에 이르기까지 주지 스님은 얼굴에 표적을 새겨주었다. 수명장수와 학업도 주지 스님이 의지처가 되어주고 있다.

지금도 티베트 사람들은 영토분쟁으로 망명 중인 달라이라마 존자를 추종한다. 달라이라마와 연관이 있는 세라 사원을 방문하고 싶었다. 세라 사원에서 반 이상의 승려가 달라이라마 존자를 따라나섰다. 밤에 비밀스럽게 걸어서 사막을 건넜다. 인도 북부의 다담 살라는 망명지이다.

세라사원은 티베트에서 유명한 교리 문답 토론장이다. 이곳에는 아직도 스님의 교리 문답인 '최라'(Chora)'가 열리고 있다. 붉은 가사를 입은 스님 수백 명은 사원에서 기거한다. 교리 문답 토론은 보통 오후 3시부터 약 2시간 정도 열린다. 최근 최라가 관광객들에게 인기를 끌자 사진을 찍거나 구경하면 따로 돈을 받고 있다. 운 좋게 최라 수행 광경을 목격했다.

일주문을 지나 앞마당 정원은 토론장이다. 잔잔한 자갈이 깔린 마당이다. 몇 백 년은 될 듯한 나무들이 띄엄띄엄 있다. 나무와 나무 사이를 그늘 막으로 둘러쳐 햇빛 가림을 하고 있다. 티베트는 지구상에서 높은 지대여서 한낮의 뜨거운 온도를 피할 수 없다.

한 승려가 가부좌 자세로 앉아 있다. 서 있는 승려는 질문자이다. 2인 1조이거나 3인 1조가 되어 상대에게 질문과 대답을 한다. 서로가 원하는 대답이 나올 때까지 이어진다. 특이한 토론 방식은 특유의 학습 방법이다. 이런 토론은 지적 순발력과 함께 상대방을 제압할 수 있는 논리도 겸한다. 승려들의 교리 문답은 질문을 하면 곧바로 상대 승려가 답을 하는 것으로 이루어진다.

승려들이 하는 특이한 행동이 하나 있다. 앉아 있는 승려의 대답이 맞으면 한 손을 밑에 받치고 다른 한 손을 높이 들어 힘껏 내리치는 손뼉 치기이다. 그때 발을 높이 올렸다가 내리기를 반복한다. 질문하는 승려는 염주를 목에 걸고 손바닥 치기한다. 칭찬하는 듯해도 위에 얹은 손은 극락을 상징하고 아래손은 지옥을 상징한다는 얘기도 있다. 어떤 이는 진리와 교리의 충돌을 상징하는 것이라 한다.

때로는 논쟁이 과격하고 윽박지르기도 한다. 이들이 토론하는 모양은 삿대질하며 싸우는 것과 다름없어 보인다. 얼굴 모습을 보니 격렬하다. 항상 상대방보다 더 우월한 교리와 철학을 지니기 위한 수행 방법이다. 질문자가 원하는 답이 나올 때까지 토론은 계속된다. 2시간 이상 계속 시험을 치른다. 이 과정을 거쳐야 다음 단계로 올라간다. 원하는 점수가 나오지 않으면 유급이다. 다음 차례 올 때까지 엄격하다.

정원 구석 자리마다 관광객들이 앉았다. 유럽인 몇 명도 보이고 얼굴 피부가 검은 사람도 군데군데 자리하였다. 검정 옷차림의 티베트인은 틈만 나면 오체투지로 절을 하고 있다. 합장한 자세에서 두 무릎 꿇고 두 손을 바닥에 내려놓으며 이마와 두 팔꿈치가 바닥에 닿도록 한다. 오체투지 상태에서 두 손

바닥은 위를 향하도록 하여 받들어 모시듯 경건하게 귀까지 들
어 올린다. 그들은 온몸을 땅바닥에 닿게 절하며 무엇을 빌고
있을까.

건너편 마당으로 걸음을 옮겼다. 대웅전이라는 편액이 보
였다. 삼배하면서 바라보니 그곳에서도 노 승려와 젊은 승려가
손뼉치기 수행 중이다. 간절한 수행은 어디까지일까.

앉아서 마니차를 돌리는 순례자도 있다. 경전은 읽지 못해
도 한 바퀴 돌리면 한번 읽었다는 생각으로 계속 돌리고 있다.
최라를 보며 무의식 속에 계속 돌린다. 죽어서 도리천을 건너
아미타 극락에 도달할 수 있게 무한정 빌고 있다. 이쪽저쪽을
보며 사진 촬영했다.

멍 때리고 있었다. 사복경찰이라 하기엔 어리고 왜소한 남자가 알아들을 수 없는 언어로 카메라를 내놓으라 한다. 몸 언어로 '우리 안내원은 저기 있고 일행도 여기 있다.'라는 흉내로 그 자리를 피했다. 그 남자가 또 쫓아오니 겁이 났다.

오늘 뭘 배웠는지 생각에 잠겼다. 간화선보다 처절한 수행 방법을 보았다. 침묵만이 답  도 아니다. 손뼉 치기로 깨달음에 이르게 인도하는 승려들의 수행 방법이다. 서로 이끌어준다. 자갈이 깔렸다고 두려워하지 않고 오체투지로 절하는 티베트인 앞에서 고개 숙인다. 속도만 약간 느릴 뿐이지 거친 바닥도 수행으로 알고 절하는 힘이 대단하다.

글밭을 일군다고 했지만, 처절하게 가꾸지 못한 내가 미웠다. 나이 들면서 글공부도 같이 익어가지 못한 어리석음에 반성한다. 나에게 말을 던지며 다짐해 본다. 내려놓지 못한 마음은 어디까지인가.

검은 그릇

화장대 위에 검은 그릇 하나 놓
여 있다. 면세점도 없는 곳에서 언
어조차 통하지 않아도 기어코 나를
따라온 그릇이 신기하다. 그렇다고
밥이나 국을 담을 수 있는 생활 용
기도 아니다. 평범하지 않은 이 그
릇, 이제야 들춰본다.

네팔 여행 중에서다. 이곳은 오
지 여행에 가깝다. 인도 북부에서
네팔 카트만두까지 가는 길은 험했
다. 온종일 흙먼지를 뒤집어쓰며 비
포장도로를 달려 어두워질 즈음에
야 숙소에 도착했다. 나름대로 번화
하다는 시내에는 좁은 도로에 차 댈
곳도 찾기 어렵게 복잡하다. 하필
시내에 순례할 사원이 있어 이곳을 지나야 했다.

네팔에도 불교가 남아있어 룸비니에서 이곳까지 왔다. 네
팔에서 100년이 된다는 사원으로 유명한 티베트 사원을 찾았

다. 사원 안에 들어섰다. 대웅전 안에는 얼마나 양초 공양에 그을렸는지 안에는 새까만 그을음으로 가득했다. 커다란 철판에는 납작한 양초 100개가 담겨 시주자를 기다린다. 마당에는 탑과 전각이 흰색으로 서 있다. 탑 중간 어디엔가 매직아이라 부르는 커다란 눈이 영혼이 되어 푸른색으로 그려 있다.

　　내려오는 길이다. 손수레 가게 두 곳이 있다. 골동품만 잔뜩 채워진 듯하다. 구릿빛 피부에 새까만 눈동자의 주인은 나에게 눈길을 주었다. 말은 통하지 않아도 그의 눈동자 안에 내 모습이 반사되자 애처로웠다. 짧은 시간에 흐릿해지는 시력으로 물건을 자세히 볼 수 없다. 거칠지 않아 뭔가에 끌리듯 검은

그릇을 잡고 말았다. 몇십 달러의 인연으로 애지중지 모셔가며
옷에 싸고 또 싸서 옮겨왔다.

가볍지도 않은 그릇은 무엇에 사
용할지 생각하지 않았다. 무턱대고
안팎으로 조각이 세심하여 천천히 보
고 싶어 내 가방에 넣고 말았다. 나무
를 깎아낸 조각으로 보이나 틀로 찍어
낸 토기로 보이지는 않는다. 토기라
면 검은색과 세심한 그림을 새겨 넣을
수 있을까. 그릇 안에도 섬세한 조각칼로 깊고 낮음에 손을 댄
흔적은 숙련공이 한 점 한 점 살을 깎아냈다.

돋보기를 쓰고 검은 그릇 안을 살폈다. 각기 다른 향로 3개가 옆면에 새겨졌다. 원형의 법륜 속에 연꽃 창살 무늬도 한군데 새겼다. 금강저의 모습도 보인다. 무늬는 모두 들어가고 나오며 끈으로 이어졌다. 이제 살펴보니 그릇 바닥에는 물고기 두 마리가 물속에서 헤엄을 치는 지 살아 있게 표현하였다.

외부 면의 촉감조차 심상치가 않다. 오톨도톨한 조각은 무엇인지 궁금점이 더해갔다. 승천하려는 용이 열 마리도 더 되게 그릇을 감싸고 있다. 용의 비늘과 발톱까지 세세히 조각되었다. 어미에서 새끼에 이르는 한 가족처럼 위아래를 연결하고 있다.

바닥은 또 어떤가. 가운데 중심에서 회오리처럼 돌려지다 굽에 이르러서는 물결로 보였다. 어느 순간 구름으로 보이는가 하면 매일 뜨고 지는 태양 같기도 하고 빈 곳이 없다. 구부러진 곡선은 화가의

「별이 빛나는 밤에」를 연상시킨다. 오묘하여 보면 볼수록 끊임없는 상상을 하게 하였다.

　무엇에 사용해 볼까. 향로가 있고 법륜 그림과 금강저가 있으니, 염주나 단주를 담아두면 좋겠다. 손쉽게 접하는 단주를 한곳에 모아두는 것도 안성맞춤이다. 네팔에서 사 온 단주 여러 개를 담았다. 보석빛에 가까운 재질의 단주도 검은 그릇 속에서 더욱 빛났다. 천 주를 담아 염불할 때 돌리면 기가 막히겠다. 내 안에 굴러온 검은 그릇을 고이 모시겠다.

〈2023. 10. 10. 제주일보 금요에세이〉

둥근 만다라

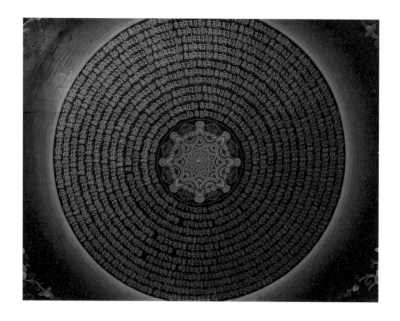

대성사는 포교를 위하여 처음부터 크게 지었다. 네팔 국경의 까다로운 비자와 출입국 절차 때문에 쉽사리 찾을 수 없었다. 부처님 탄생지인 룸비니동산 참배는 국경 간의 까다로움과 추가되는 비용에 인도 순례자의 반도 들리지 않나 보다. 대성사는 한국 절인 것에 큰 의의를 두며 한국 스님이 관리함에 감사할 뿐이다.

인천 공항에서 만난 '상월 결사 108 순례단'의 긴 행렬과 마주했다. 내 앞자리의 스님은 부처님 가르침을 되새기는 수행이라 하였다. 초심으로 돌아가는 자세로 43일 동안 순수하게 걸어서 순례한다고 말했다. 한국 불교도 인도에서 새바람을 일으켜 수행의 바른길로 정진하기를 기원한다. 그들은 하루에 일과표대로 정해진 시간만큼 걷고 길가에 야전 천막을 쳐 숙식을 해결했다. 스님 90여 분과 조력자 18명이 참여하였다. 고행이 무엇인지 한 줄로 서서 걸으며 몰입하는 자세였다.

　　경기 불교 문화원 팀 12명과 동행하였다. 15박 16일의 순례는 쉽지 않은 길이다. 처음부터 성지순례 순서를 인도로 먼저 택했더라면 두려워서 다른 곳의 순례는 한 발도 떼지 못했으리라.

나는 열 시간 동안 버스 타는 일이 보통인 것은 다행스러웠다. 한국의 순례단은 인도가 불교 발생국이어서 당연히 참배하러 간다. 힌두교의 80% 넘는 교도 확장과 이슬람 세력의 침략으로 1% 정도밖에 남지 않은 불교도이니 낙후되었다. 가는 곳마다 눈시울을 뜨겁게 했다.

휴게소도 없고 자연 화장실이라도 찾기 위하여 차이 한 잔을 사 먹었다. 타지마할, 아잔타 석굴, 갠지스의 다비장과 항하사 모래 체험, 인도 북부 8대 성지를 순례하고 네팔 룸비니로 향했다.

네팔 국경을 통과하기는 까다로웠다. 거북이걸음에 차량이 밀려 장시간 탑승했다. 3번의 통과의례를 넘자, 출입국 관련만 3시간이 넘었다. 한국 절 대성사 주지 스님은 우리가 도착할 때까지 기다리고 계셨다. 가로등도 없는 어둠 속에서 스님과 네팔 안내원을 만나는 순간 숨통이 트였다.

숙소는 대성사에 와서 어려운 잠자리를 탓할 일도 아니다. 4인 1실이어도 1인용 요를 깔아주었다. 습기가 올라오지 않게 단열재를 요 아래에 두었다. 이불은 2인용 너비로 무거운 솜이 들어있는 이유를 금방 알아차렸다. 가지고 간 슬리핑백을 요 위에 펴고 그 위에 이불을 덮었다. 난방시설이 안 되니 슬리핑백 가져가라는 충고를 받아들인 일은 다행이었다. 대신에 핸드

폰을 충전할 수 있는 전기 코드는 머리맡에 있었다. 스님은 샤워할 수 있게 4시간 정도 전기를 올렸으니, 화상에 주의를 하라고 당부했다. 방 안에 화장실과 샤워장이 한 곳에 있고 온수통이 벽에 매달렸다. 오랜만에 한국인의 뜨거운 정을 느꼈다.

새벽예불에 참석하려고 법당으로 올라갔다. 컴컴하다. 마당에 가로등이 없어서 어둠 속에 대충 짐작하며 계단을 찾았다. 숙소와 법당 사이 거리도 몇 걸음을 내려놓자, 옷에 물을 뿌린 듯 축축해졌다. 법당 안에 들어서니 천장에 둥근 만다라 3개가 크게 그려져 있다. 어디에도 없는 만다라 천장이다. 처

음 보는 천장 광경에 목울대를 적신다. 수행도를 천장에 새기며 포교를 위해 고생하는 주지 스님이 불쌍하다. 예불할 때마다 주지 스님은 천장을 바라보며 수행의 근본으로 삼을 듯하다. 새로운 만다라를 이곳에서 보았다.

법당 천장이 너무 높아 연등도 반쯤 아래로 내려졌다. 법당 크기에 비해 작은 부처님 세 분이 초라하다. 그냥 불전 함에 보시금 조금 넣으려다가 후회할 것 같았다. 어려운 네팔에 왔는데 룸비니 탄생지를 떠 올리며 봉투에 주소 적고 석가탄신일 등공양비를 미리 올렸다. 내 마음이 든든하다. 여행비를 절약하며 한국 절에 보시금은 절실하였다. 사찰 운영에 지장이 많을 듯한 직감에 호주머니를 다 털고 싶은 심정이다.

주방에서 유담프에 담을 물을 끓여 주던 네팔인은 귀마개를 광목천으로 두르고 있어 애잔했다. 사찰에서 스님을 도와 궂은일 마다하지 않는 네팔인에게 고마움을 느껴 전해준 몇 장의 지폐가 한 끼 식사라도 될까. 둥근 만다라처럼 세상은 돌고 도는 일이다. 막히지 않고 수행도 따라 미로를 걸어 나와도 제자리일 수도 있다. 성지마다 불가촉천민은 나의 보시 그릇이었다. 보름이 지나자, 보시 그릇에 채웠던 일이 나의 행복임을 알았다. 인도의 매력이 스멀거린다.

〈2023. 3. 뉴제주일보 해연풍〉

쿠마리 사원의 여자

네팔의 지진으로 옛 왕궁도 피해당했다. 그 후 몇 년이 지났지만 더디게 복구 중이다. 금이 간 곳과 폐허가 된 곳이 많다. 사상자도 많아 사람이 기거 못 할 곳은 폐기물 잔재로 변했다.

　쿠마리 사원 앞에서다. 힌두교 신화에 바탕을 두어 네팔 국민은 사원을 우러른다. 어린 소녀는 엄격한 심사 과정을 거쳐 신의 화신인 쿠마리로 정한다. 쿠마리는 끔찍한 죽음 앞에서 무서움을 이겨내야 선택받으며 전 국민의 숭배와 신앙의 근본이다. 쿠마리 몸에서 상처로 피가 나거나 초경을 하면 바로 자격이 상실된다. 새로운 쿠마리 후보자를 선택해야만 한다.

　신전 기능하는 쿠마리가 별로 없어 살아있는 사원도 귀하다. 사원 입구부터 검은색 나무마다 조각 문양이 세밀하여 위압감을 주고 있다. 오래된 전통이라 하지만, 전체가 검은색이다. 사각형의 2층 건물에 가운데만 정원이 있는 신전이어서다.

신전의 건물 북쪽에는 지진을 피하지 못했다. 북쪽으로 들어가는 입구의 2층 창문도 지진으로 피해당해 천으로 가려져 있다.

바라보이는 가운데 정원으로 들어섰다. 마당에는 정원을 가꾸어 예쁜 꽃이 피었다. 정원 입구의 연꽃무늬 석조물은 연꽃 만다라라 칭했다. 문스톤이 있는 자리에 석조물 연꽃이 있어 향을 피우는 경배의 대상인듯하다. 1층 건물 신전에는 주불이 모셔졌다. 주불 아래 단에는 올려진 공양물도 보였다. 주불을 세우고 공양물 있는 곳에는 다종교를 믿는 사람이 방문한다.

안내원은 마당 구석의 남자에게 급행료를 주었다. 쿠마리를 접견 할 수 있는 특혜다. 쿠마리가 신전 밖을 나가거나 컨디션의 난조여도 볼 수 없다. 다행히 쿠마리는 안에 있어서 볼 수 있었다. 안내원은 주의사항을 알려주었다. 사진 촬영도 할 수 없고 아무런 소리도 낼 수 없다. 질문을 하거나 소리를 내면 부정 탄다며 신성한 대우가 아니란다.

말로만 들었던 쿠마리를 보았다. 3층 창문을 안에서 밖으로

미는 소리가 났다. 쿠마리가 얼굴을 보이는 시간은 단 1분이었다. 감명을 받아도 질문이나 말을 걸 수 없는 수칙이다. 쿠마리는 새빨간 옷에 금속성 장식을 화려하게 붙인 옷을 입은 여자아이다. 희로애락 느낌도 전혀 할 수 없는 무표정으로 단장된 신격인 여자는 9살이었다. 눈화장은 짙게 하여 아이라이너를 검고 두껍게 눈꼬리가 높이 올라가게 칠했다. 무서운 인상이어야 신을 제압한다는 아이다. 9살 여자치고는 성숙하게 보였다.

쥐 죽은 듯 조용한 가운데 잠깐 얼굴만 보이고 들어가 버렸다. 들어가는 순간도 흔들림 없이 눈 깜짝할 사이에 사라졌다. 표독스러운 얼굴이라 할까. 미소를 지어도 신기가 달아난다는 설이 있나 보다.

나이 어린 여자가 쿠마리로 선택받기도 어렵지만, 생리가 시작이면 끝이다. 부정 탄다며 더 이상의 기능을 잃고 추방당하고 만다. 과거에 선택받았던 여자의 불행이다.

어떤 쿠마리는 생리가 시작되자 국경 근처에서 학교 공부를 하여 20세가 되었다. 쿠마리였던 여자가 결혼하려 해도 팔자가 세다 하여 아무도 접근하지 않았다. 국경 밖으로 추방되는 불행한 여인이 되고 말았다. 결혼한 집안에 일이 풀리지 않으면 쿠마리 탓으로 몰기에 폐습이었다.

미래 여인의 삶을 상상해 본다면 인권유린이라 여길 듯하다.

룸비니 동산

　비포장도로와 고속도로가 아닌 도로를 타다 보니 저녁 시
간도 훨씬 넘겼다. 인도 안내원과 네팔 안내원의 통화에서 대

성사 주지 스님은 늦게까지 기다린다는 편한 말이었다. 기진맥
진 상태에서 대성사 정문에 도착하자 네팔 차량과 카이저수염
을 올린 안내인이 기다리고 있었다. 본인 이름이 한국어로 '만
지호'라고 소개했다.

룸비니 동산으로 가는 길이다. 어젯밤 네팔 국경을 통과하
며 출입국 검문관리소에서 4시간 가까이 기다렸다. 캄캄한 밤
이 되어야 숙소인 대성사에 도착하였다. 인도 순례와 인도·네
팔 순례를 구분하는 이유를 알겠다. 비용면에서 별도의 네팔
비자를 내야 했고 국경까지 오는 시간이 많았다. 인도 안내원
은 대성사에서 차량을 교체했다.

밤 9시가 되어야 저녁 공양을 했다. 조촐한 3가지 찬이었
다. '란'은 여러 개를 만들어두었으나 잡곡 자체도 거칠었다.
오랜만에 보는 한국형 단무지도 있었다. 식성에 맞지 않는 참
배객을 위해 스님은 미숫가루까지 준비해 두었다. 공양간에서
준비해 주는 나이 든 네팔인은 턱에서 목까지 무명천으로 감고
있다. 추워서였다.

밤 온도가 차갑다며 주지 스님은 몇 시간 동안 온수 통에 물
을 끓여 놓았다는 설명이었다. 나는 오늘을 위하여 여행 가방
한구석을 차지한 침낭을 담고 왔다. 환자인 내 몸이 여러 번 고
통을 받아서인지 아들이 준비해 주었다. 피곤이 한꺼번에 몰려

왔다. 침낭을 요 위에 다시 펴서 이불을 덮었다. 이런 이유로 룸비니 동산까지 연결된 순례는 열악하였다.

새벽 5시에 트렁크까지 싸고 나섰다. 가방을 차에 싣자, 룸비니 동산까지는 걸어서 20분의 거리다. 안개 속에서 참배하려는 각국의 사람들이 삼삼오오 대를 이루고 있다. 청소하는 네팔 현지인이 가엾다. 길게 내린 검은 머리카락에 허리 아래로 불쑥 튀어나온 체형이 잘 먹어서 그렇지는 않아 보였다. 네팔 스님이 울력으로 마당을 쓸 듯 질서정연하다. 나이 든 여인이 가련하여 남몰래 달러를 드렸다. 손에 주는 내 마음은 성지에서 받는 사람이 맑은 눈동자를 굴리며 그 안에 반사되었다.

싯다르타가 태어나 목욕했다는 연못이다. 오래전에 왔었다는 일행은 옛날 그대로라 하였다. 마야부인의 목욕물조차 변하지 않는 일은 다행스러웠다. 데이비드 사원이다. 하얀색의 사원 안에는 묵언으로 법회도 할 수 없고 사진 촬영 금지다. 사원 안을 조심스레 한 바퀴 돌았다. 유리로 덮여있는 곳에 색이 다른 하얀색의 돌이 있다. 돌 크기만큼 탄생한 아기상이라 했다. 하얀색으로 상징한 것도 특이하다. 유리관 아래에는 여러 돌이 있고 회색이 대부분이다. 촬영하지 못하는 일이 아쉬울 뿐이다.

밖으로 나와 룸비니동산 한 바퀴를 돌았다. 참배객이 많은 곳이다. 소원 성취를 원하며 캔들에 불을 피웠다. 여기에 켜지는 양초는 밤낮으로 꺼질 날이 없다. 그만큼 사람이 많이 다닌다. 아소카 대왕이 세운 석주는 옛 모습 그대로이다. 상처 하나 없이 데이비드 사원답게 경비에 철저한가 보다.

　동산에 보리수나무 한그루가 있다. 보리수나무 가지가 많이 뻗어 풍성한 모습이다. 나무 아래에 각국의 노란 가사 스님이 빙 둘러앉았다. 참선과 경전을 소리 없이 눈으로 읽고 있다. 여느 스님일지라도 룸비니동산에서 경전 한 권만 읽어도 중생 제도에 흡족한 마음이 들 테다. 루피와 한국 돈 50장을 꺼내어 한 스님마다 드렸다. 붙어 앉았으니 또 모자랐다. 각국의 승려는 묵언하며 보리수 아래 앉아만 있어도 보시 받는 돈으로 나머지 순례를 한다는 말이 실감 났다. 아침 일찍 나선 우리보다 더 일찍 와서 앉아 있는 승려는 인종에 상관없다. 원 없이 보시했다. 사진 촬영하였다.

　전체가 흰색으로 둘려진 룸비니 동산에 운무가 걷혀갔다. 아소카 대왕이 세웠다는 석주는 몇 천 년을 거치며 무얼 바라고 있을까.

쿠단과 카필라성

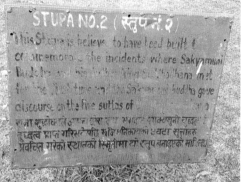

  네팔의 카필라성은 싯다르타 부처님이 유년기를 보낸 곳이다. 네팔의 수도는 룸비니이다. 고타마싯다르타는 부처가 되기 전에 카필라성 궁전에 살았다. 인도 델리 박물관에는 부처님이 깨달음을 얻은 뒤 인도 카필라성 진신 사리탑이 모셔져 있다. 인도의 카필라성은 석가족이 멸망하면서 쇠퇴하였다.

  쿠단은 허름한 성터였다. 쿠단은 싯다라르타가 출가한 후 아버지 정반왕과 재회한 곳이다. 부처님은 아버지의 마음을 읽으니 눈물을 흘렸다고 '불설중 본기경'에 전한다. 출가하여 12

년 만에 아버지 나라에 돌아오는 품을 설한 곳이다. 숫도다나
왕(정반왕: 부처님 부왕)은 부처님께 궁으로 돌아오게 회유하
려고 신하를 보낼 때마다 모두 귀의하여 아무도 돌아오지 않았
다. 오직 '우타야'라는 정반왕의 신하는 부처님께 귀의해도 아
들을 기다리는 왕이 염려되었다.

　　우타야는 왕과 부처 사이에서 소식을 전해주었다. 정반왕
은 아들이 의복과 음식을 제대로 먹고 있는지 걱정하자 "때가
되면 발우를 가지고 복을 지을 중생들에게 가시며 음식은 좋거
나 나쁜 것이 없고, 보시하는 집에 축원의 말씀을 하십니다."
라고 본기경에 전한다. 우타야는 부처님께 왕의 심정을 전했
다. 다시 카필라성으로 돌아가 왕에게 부처님의 소식을 알릴

것을 허락받는다. 이곳이 부처가 카필라성에서 출가한 지 12년 만에 쿠단에서 만난 장소여서일까. 성이 사원처럼 지금도 붉은 벽돌로 높게 쌓여진 자리만 남았다.

쿠단에는 정반왕을 만난 재회 기념 스투파가 세워져 있다 하여 기대를 품고 찾아갔다. 관리가 미흡하여 스투파 위에도 이름 모를 잡초가 있었다. 오래된 증거여서일까. 우리 일행이 도착하여 둘러보려 하자, 미리 도착한 회색 법복 차림의 비구니스님이 몰려 있었다. 대만 비구니스님들이었다.

노란 가사를 입은 네팔 안내 스님은 열심히 설명해주고 있다. 처음엔 한국 스님인지 구분이 서지 않았다. 겉의 장삼 가사가 긴 모습을 보고서야 대만 스님임을 알아차렸다. 베이지색 모자에 법망도 회색이고 단출한 차림의 수행 잘하는 분으로 보였다. 회색 긴 가사를 입고 쿠단을 향해 20여 명의 스님이 서 있었다. 일행과 달리 한 스님은 쿠단을 향해 돌아서서 눈물짓는다.

   비구니스님은 무엇 때문에 슬퍼하는지 모르겠다. 스투파를 바라보며 출가 전 속세를 그리워하는지 아니면 부처님 출가 당시를 회상하는지 알 길이 없다. 무리에서 많이 벗어나지는 않았으나 몸체를 돌려 측은지심이다. 스님은 스투파에 무엇을 물어보고 있을까. 대만 스님의 눈물은 감사의 눈물이었으면 좋겠다. 단체로 베이지색 모자를 눌러썼는데 나와 가까이 서 있어 흐르는 눈물을 보았다.

또한 쿠단은 아난다가 최초로 비구니에게도 승단에 가입할
수 있도록 허가를 요청한 곳이기도 하다. 쿠단은 아난다의 역
할로 수도원 역할을 했다고 보는 이도 있다.

　　부처님이 유년기를 보낸 카필라성 안으로 갔다. 성의 흔적
은 없다. 카필라성의 특이한 정원은 고풍스러웠다. 붉거나 황

색인 꽃과 특이한 나무가 많다. 반쯤 걸어 들어갔다가 다시 되돌아 나오는 길이다. 룸비니 참배 후 들린 곳이라 이른 시간인데 여러 나라 순례객이 띄엄띄엄 보였다. 세워진 안내판에 불교 유적은 많이 묻혀 있으나 발굴은 5% 정도밖에 되지 않다고 적혀있다.

네팔에서도 굿을 하는 것을 목격했다. 창문 없이 벽돌로 반 평 크기로 2m 정도의 높이로 쌓아놓은 굿당이다. 입구에 사천왕처럼 여겨지는 동상이 있어 참배 장소인 줄 알았다. 무섭게 생긴 다종교의 표상이 있어 짙고 역한 냄새의 향이 불을 내지르며 진행 중이다.

벽돌로 쌓아 올린 곳은 역겨운 향내가 빠져나가지 못한 채 재만 많이 있었다. 1m 밖에서 징과 꽹과리를 소리 내는 소미 심방으로 보였는데 그분이 주술가인 듯하다. 아미타불이라는 소리에 들어갔다가 얼른 나왔다. 그 주변에는 소풍 나온 듯이 어린아이들과 가족이 여러 군데에 깔개를 깔고 앉아 있다.

젊은 여인이 중국 냄비처럼 깊은 냄비에 재료를 넣어가며 카레 종류를 끓이고 있다. 나뭇가지를 태워 가며 준비를 하기에 소풍 나와서 밥해 먹는 줄 알았더니 신께 올리는 공양물이라 했다. 그것도 종류별에 따라 대여섯 명의 여인이 진지하게 볶아가며 불 조절을 하고 있다.

흙길이 아니다. 다행히 미로처럼 읽을 수 없는 중요한 지점마다 데크로 연결이 되었다. 데크 길을 걸어 한 바퀴 돌았다. 한 노인이 평상복 바지와 전통 의상 상의에 터번만 둘렀다. 지팡이를 짚고 걸어가는 뒷모습이 비쩍 마른 다리를 드러내고 수명이 다해가고 있는듯하다. 때에 따라 천천히 걷고 앞서지도

못하고 느린 걸음이다. 저분은 수행자일까. 불쌍했다. 구걸하
는 것도 아니고 수행으로 걷는 모습이었다.

  까맣게 그을린 모습은 네팔에서도 빈약해 보인 노인이었
다. 하지만, 머리에는 깨달음으로 꽉 찬 어르신 같다. 농사를
짓다가 자연으로 돌아갈 때를 맞이하는 사람이려나. 루피를 꺼
내 드렸더니 눈빛은 티 없이 맑아 감사의 눈길이다. 그 근처에
는 걸인이 모여들지도 않았다. 지금도 초롱초롱한 눈빛이 내
가슴에 남는다.

Chapter_4

미얀마·라오스
말레이시아·캄보디아

밍글라바 사랑법

마하간다용 수도원에서

인레호수

새벽 탁발공양 친견

참회의 계단

두 번째 찾은 앙코르와트

밍글라바 사랑법

마하무늬[2] 사원에는 최대의 황금 불상이 있다. 2,000년 전에 만들어졌다고 알려진 사원이다. 사원 입구부터 맨발 입장이며 여자는 불상을 만져서도 가까이 가서도 되지 않는 곳이다. 성스러운 그곳에서 반바지 착용은 남녀를 불문하고 출입 금지

2 미얀마의 마하무늬 사원은 인도의 보드가야에 있는 마하보디사원을 모방하여 지었다.

구역이다. 참배객 중 남자들만 계단을 통해 올라가 개금불사
차례를 기다린다. 순서가 되면 부처님 몸체에 금종이를 붙이고
살짝 겉 종이를 떼어낸다. 여성 참배객은 멀리 떨어져 정해진
위치에서 친견할 수 있다.

청년은 우리를 대신하여 공양물을 붙여주었다. 합장한 채
줄을 서 있다가 순서가 되면 금종이를 스티커 긁듯 진지하게
붙인다. 그런 행동은 멀리 있는 곳까지 군데군데 영상화면에
생중계로 비친다. 청년이 삼 배 올리는 모습은 불자인 나보다
감동을 자아냈다. 여행 중에 만난 훤칠한 키에 예의 바른 안내
원 얘기이다.

청년은 배낭여행을 떠났다. 대학을 졸업하고 직장생활을
하던 청년은 휴가 기간을 통하여 삶의 에너지를 재충전하려고
출발하였다. 미지의 세계를 향하여 젊은 패기 하나로 인터넷

검색만을 의존한 셈이다. 미얀마 공항에 내린 후 며칠간의 여행을 다니면서 많이 지쳐진 일상생활의 면면을 내려놓기가 쉽지 않았을 것이다. 삶이란 무엇이었을까.

우리나라와 다른 세계에서 느껴지는 모든 것에서 무릎을 '탁' 치는 무언가가 있었다. 고국에서는 불안이 겹쳐 미래가 확실하지 않은 생활이 연속이었다. 경쟁이란 별로 없는 그 나라 주위 환경에 안주하고 싶은 마음이 생겨났다. 별천지로 보였다.

그는 여행에서 돌아와 퇴직금을 정리하며 타고 다니던 차까지 처분하여 그곳으로 이주하기로 마음먹었다. 여행안내자 직업은 H 대학교에 다녔던 실력으로 미얀마 언어를 빨리 습득하게 된다면 매력으로 다가왔다. 미얀마에서 통역을 겸한 가이드 시험 준비를 위하여 3~4개월간 주어진 문제만 달달 외웠다.

이론에는 합격했으나 면접에서 두 번이나 고배를 마셨다. 그
나라의 역사 문화를 자세히 설명하기도 어려운 일이다.

청년은 미얀마 어학 연수원에 입학하였다. 옮겨진 오피스
텔 입구에서 날마다 마주치는 여인이 있었다. 그 여인이 뭐라
고 했으나 한두 번은 그냥 지나쳤다.

"밍글라바."

"밍글라바."

집을 나서며 만나는 여인으로부터 머리를 조아리는 인사를

받았다. 보조개가 들어가게 웃는 모습을 바라보니 또한 기분이
좋다. 하루가 즐겁고 공부도 더 잘 되었다. 일정한 시간에 미
소를 지으며 겸손을 갖추고 한 달 동안의 만남은 예사롭지 않
은 인연이라 여겼다. 인사와 소리를 따라서 하다 보니 싫지만
은 않아서 무슨 뜻이 내포되었는지 미얀마 어원을 살펴보았다.
'안녕하세요'에 해당하는 아침 점심 저녁의 인사법이며 행운과
행복을 드린다는 뜻이 포함되었다.

　　스물아홉 살 청년은 아낌없이 행운과 행복을 준다는데 감
동하였다. 초라해 보였을 외국 청년에게 행운과 행복을 준다는

소리는 신의 소리처럼 들렸다. 가져간 비용도 바닥이 나갈 즈음 가벼운 대화로 말을 걸었다.

미얀마 대학교에 다니던 여인은 한국어를 전공하는 중이었다. 인레마을에서 루비 보석 공장을 경영하는 부모를 고향에 남겨 두고 양곤으로 유학 온 셈이다. 둘은 살기 위해 언어 통달에 도움을 얻으려고 계약 동거에 들어갔다. 청년은 일 년 만에 통역과 미얀마 역사 문화를 겸비한 우수 안내자가 되었다.

청년은 정이 들어가면서 양쪽 집안에 결혼 의사를 밝히자 난리가 났다. 여인의 마음씨가 이제까지 알았던 한국 여성보다 더 마음에 들 정도였다. 생활방식도 우리나라와 비슷하였다. 부모님의 종교가 불교인데 미얀마의 국교도 불교였다. 종교로 인한 고부간의 갈등 또한 없어 보여 흔쾌히 승낙받을 줄 알았다. 여러 번의 사진 교류로는 설득이 모자라 그녀와 한국으로 동행한 후에야 허가받았다.

미얀마 결혼 풍속은 부족 마을에서 잔치를 일주일에 걸쳐 진행한다. 잔치 비용은 신부를 데려갈 때 남자 측에서 부담하는 미얀마 관례에 따랐다. 부족의 결혼 의식대로 양쪽 부모님을 모시고 다른 사람과 비교할 수 없게 성대하게 치러졌다. 밍글라바 인사와 더불어 남자는 집안에서 존경받는 대상으로 부인이 아침이면 삼배를 올린다고 한다. 살아있는 부처님처럼 남

편을 섬긴다니 무슨 일인가. 맨 처음 청년은 아침에 눈을 뜨자
여인이 절을 하여 겁이 나서 도망을 쳤다나. 청년은 이젠 삼 배
받는 게 익숙하여 아침에 일어나면 과정으로 여긴다. 여인으로
부터 대접받고 나가면 하는 일도 잘 풀렸다.

　인연이란 무엇이었을까. 미얀마까지 와서 집에서는 생불로
대접받고, 밖에서는 황금 불상 안내자로 활동하고 있으니 복을
어느 만큼 지은 인연인지 궁금하다. 부처님 계실 때 설법에 감
동하여 하늘에서 내려와 조성되었다는 불상이 지금은 황금으
로 덮인 인연과 비슷하다. 밍글라바 사랑법으로 인생이 뒤바뀌
어졌으니 더 말해 무엇 하랴. 조그마한 일에 감사하고 긍정으
로 뭉쳐진 마음이 예쁘다. 청년은 불 국토에서 생활하리라 생
각이나 하였을까. 이웃집 건너듯 세계는 하나였다. 조물주는
미리 점지하셔서 전생의 업 따라 청년에게 여행을 떠나게 하였
으리라.

　그는 한국에서 유명한 스님의 명상과 정부 관료의 안내를
맡아 통역을 겸비한 훌륭한 안내자였다. 여인과 예쁜 딸의 사

진을 스마트 폰을 통하여 보여주었다. 어김없는 한국인을 닮았
다. 한국에서는 다문화가정에 대한 정부 혜택이 많으니 돌아올
생각은 어떤지 물었다. 한마디로 거절하는 청년의 모습에서 행
복한 인연을 다시 한번 느꼈다.

　황금 불상은 불자들이 금을 입히고 또 입히는 바람에 몽실
몽실 꽃으로 피어났다. 꽃은 온통 금으로 덮여 사만 톤의 금불
상이 되었다. 마하무늬 뜻처럼 위대한 인형이 된 셈이다. 하지
만, 밍글라바사랑 꽃이 더 위대해 보였다. 밍글라바 밍글라바.

〈2019. 1. 5. 수필과비평 2월호, 유한근 교수 3월호 월평〉

마하간다용 수도원에서

탁발은 아집과 오만을 버리는 수행과정이다. 승려는 오계를 지키며 탁발하여 발우에 담긴 음식을 빈민가의 주민에게 나누어 준다. 승려는 발우에 담긴 공양물 중 그날 먹을 양만 남기고 사원으로 가져온다. 공양에 참여하는 불자들에게는 중요한 의식이다. 미얀마 가정에서는 평생에 한 번 자녀가 어렸을 때 단기출가 몇 개월씩 시키는 일을 큰 과업으로 여긴다. 식당이나 가정의 벽에는 단기 출가하며 찍은 가족사진이 걸린 일을

영광으로 생각한다.

가족사진에는 의복도 화려하게 입어 소소한 그림 액자를 대신하고 있다. 자녀는 불과 몇 개월간의 출가여도 스님처럼 수행과정을 거친다. 일반인들은 단기출가자에게 보시하며 공덕을 쌓는 기회이기도 하다. 가부장적인 전통이 뿌리 깊게 남아있는 미얀마에서는 여자보다는 남자에게 보시한다.

전날 우베인 다리를 건넜다. 이곳과 멀지 않은 곳에 수도원

이 있다기에 공양에 참여하게 해달라고 졸랐다. 어느 불교 박물관에서 목재 다리 위로 탁발 공양 떠나는 스님 사진을 보며 울컥했다. 사진 속의 다리는 우베인 다리였다. 세계에서 가장 오래된 목조 다리로, 태양이 질 무렵에는 매혹적인 풍경을 경

험한다. 강폭이 넓은데 물속에 나무 기둥을 세우려면 물에 오래 견디는 질긴 나무여야 했다. 미얀마 스님이 이 다리를 건너 탁발 공양하는 상상을 해보았다. 왜 이리 눈물이 날까.

만달레이 마하간다용 수도원에서다. 오전에 가면 탁발의식을 볼 수 있다고 해서 일찍 서둘렀다. 만달레이 마하간다용 수도원의 승려들은 어쩌다 몇 번은 많은 사람의 보시로 탁발 없는 공양을 한다. 각국의 봉사단체는 수도원에 예약하고 음식 공양을 한다. 각지에서 모인 관광객들은 단체로 공양하는 스님들의 행렬에 참여 하려고 승려들의 수만큼이나 많다.

내가 처음 새벽 탁발 공양에 참석하기는 2005년 라오스에서였다. 새벽 4시부터 준비하며 6시에 탁발 나오는 스님에게 공양하려 했을 때는 얼마나 떨렸는지 모른다. 공양물은 큰 대나무 그릇에 담긴 찰밥이었다. 우리는 어깨띠를 두르는 예를 갖추고 도로변에 일렬로 앉아 준비해간 비닐장갑으로 주먹밥처럼 만들어 보시 금을 드리면 스님은 발우 뚜껑을 닫았다. 작은 달러의 보시금 100장이 떨어졌다. 가방에 든 사탕과 간식까지 전부 털며 환희심으로 가득 찼던 일이 떠올랐다.

오전 10시 20분이다. 다행스럽게도 만달레이 수도원 안에서 발우공양에 참여하였다. 발우를 메고 경건한 마음으로 들어오는 동자승 행렬을 보자 눈물이 쏟아졌다. 하얀 의복에 머리

깎은 어린 스님은 단기출가자 같다. 어깨에 멘 발우가 흔들려 쏟아지지 않게 단단히 붙들고 있다. 초등생 정도에서 대학생에 이르기까지 키가 큰 스님들이 맨발로 들어왔다. 홍가사를 입은 노스님들도 줄을 서서 한발 한 발 가까이 왔다. 500명도 넘는 스님들이다.

성스러운 의식에 참여할 관광객은 따로 줄을 섰다. 대만에서 온 봉사자 100여 명은 입구에서 세면도구 몇 상자를 준비하여 하나씩 공양하였다. 봉사자들은 한 분의 스님에게라도 놓치지 않으려고 '공양 진언'을 중얼거리며 나누어주었다. 공양 후 드실 후식으로 과자도 몇 상자를 준비하여 여러 명의 봉사자는 한 봉지씩 공양하였다. 대만 봉사자 음식 팀은 따로 안쪽에 배

치하였다. 과일까지 푸짐한 공양이었다. 남자 봉사자는 뒤쪽
에서 커다란 통에든 쫀득거리는 터키 아이스크림을 힘들게 떠
서 나누며 땀을 흘리고 있다.

최대의 영광을 만달레이 마하간다용 수도원에서 경험했다. 승려는 길쭉한 식당에 몇 줄로 앉았는지 헤아리기도 송구스럽다. 스님들이 질서정연하게 앉아 공양을 드는 모습은 다시 볼 수 없는 장관이었다. 봉사자들은 말없이 나누어 드릴 뿐이다. 스님들은 스스로 발우를 깨끗이 손질까지 한다. 배식하는 봉사자와 배식받는 스님들이 어마어마한데도 그릇 소리만 들렸다. 거의 묵언으로 행동하였다.

1,200명의 스님이 수행하고 있다는 수도원이어서다. 미리 용돈을 절약하며 1달러 200장과 천원권 100장을 준비하여 원

없이 보시하였다. 오늘도 가방 속의 사탕과 간식까지 공양하였다. 대중공양의 참 의미를 깨닫고 있다.

나오는 길이다. 수도원 내부에는 다양한 나무와 건물도 많다. 일찍 공양을 마친 어린 스님은 벌써 빨래하여 하얀 옷과 가사를 빨랫줄에 널고 있다. 바라보는 나의 눈길이 측은하다. 군데군데에는 여러 종류의 부처상과 화려한 장식품들이 전시되어 있었다. 미얀마의 불교 예술을 감상할 수 있었다.

수도원 정문 밖에 예쁘게 생긴 여자아이가 서 있다. 귀여워서 사진을 찍었더니 근처에 있던 엄마가 쏜살같이 나와 손을 내밀었다. 사진 촬영했으니 모델료 달라는 시늉이다. 아낌없이 보시 하였다. 그래도 단기 출가한 어린 스님이 생각나는 이유는 무슨 일일까.

인레호수

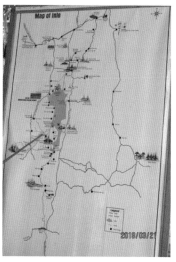

   안내원은 여행 가방 운반을 위해 별도의 짐꾼 요금을 거두
었다. 그렇지 않으면 비행기 탑승장까지 손수 움직여야 한다.
대부분의 단체는 운반비를 별도로 낸다. 현지 짐꾼은 손수레에
단체가방을 싣고 그물망을 씌워 탑승장까지 한 번에 옮겨주었
다.

미얀마 여행에서 국내선을 갈아타야 인레 호수에 간다. 육칠십 명이 타는 작은 비행기다. 다른 여행자의 말을 빌리면 인레 호수에 가려면 부처님 공덕을 많이 쌓아야 한 번에 간다고 했다. 그 사정은 인레 호수에 안개가 자주 끼어 미얀마 공항에서 많이 기다리게 마련이다.

호수는 남북으로 22km 폭 11km 해발 870m에 있다. 바다처럼 보였다. 호수에는 높은 산이 병풍처럼 둘러싸고 있다. 숙소도 호숫가에 있어 다시 가고 싶은 곳이 되었다. 양곤에서 멀리 떨어져 있어 공항 이용은 운이 좋게 오래 머물지 않고 출발하였다. 농담으로 대보살이 탑승하였는데 한 번에 간다고 기분 좋아했다.

호수를 끼고 숙소까지 이동하는데 별천지 같았다. 주변은 물과 산이 많으니 루비 보석 공장이 많다는 얘기를 곁들였다. 안내인의 처가는 이 근처여서 일주일간 잔치를 벌였고 한국에서 예식을 다시 올렸다는 설명이다. 버스에서 내리자 어디선가 북과 나각 소리가 들렸다. 호텔 입구에 몇 사람이 있었다. 그들은 관광객이 도착하면 환영한다는 전통음악 연주자였다.

　멋진 수상 호텔에 투숙하기도 처음이었다. 비행기와 차를 타며 피곤한 하루 일정은 수상 호텔에 짐을 풀자 멀리 사라졌다. 일몰을 바라보며 붉게 물드는 호수는 황홀하다. 호수에 그려지는 금빛 비늘이 윤슬이 되는 순간이다. 감격하며 베란다로

나왔더니 맑은 물에 작은 물고기가 무수히 많다. 노을이 이어
지는 호수에 방죽처럼 세워진 엉긴 나무문이 닫혀갔다. 두 눈
을 의심하며 회장님과 나는 밀리는 문을 난생처음 바라보았다.

호수 근처에는 17개 부족 7만 명이 모여 산다. 물속에 나무
기둥을 댄 수상가옥이 몰려있다. 그중에도 인타 족은 부지런한
사람들이다. 미얀마 족과 마찬가지로 불교도이다. 호수 주변
에는 배로 움직여야 도착하는 사원이 10여 개나 된다.

파웅도우 사원은 5개의 금불상이 모셔있다. 호수 안의 사

원 중에서 이름난 사원이다. 돌 형상 위에 최근 금박지를 붙이며 개금 불사했는데 1,000년에 이른다. 축제 때면 부처 형상을 배에 실어 호수를 한 바퀴 순례한다. 처음에는 5개의 형상을 배에 실어 순회하다가 호수 가운데에서 배가 전복되었다. 형상 4개는 건져 올리고 1개는 찾지 못하였다.

포기하고 사원에 왔더니 이미 1개의 형상이 있더라는 안내원의 설명이 미덥지 않았다. 전복된 장소를 잊지 않으려고 가운데 부분에 깃대를 꽂았다. 깃대 위에 새 한 마리가 앉아 있어 희한한 일이다.

그 후로는 축제 때마다 4개의 형상을 싣고 순회한다는 그들
만의 의례이다. 한 개의 부처 형상은 사원을 지켜주는 불상으

로 여기고 있다. 사원을 지키는 부처 형상은 돌아가며 바꿔 준
다는 사실도 신통력을 골고루 간직하려는 배려였다. 매년 축제
때 부처 형상을 실어 동참한 동영상은 불자의 모습과 함께 촬
영하여 파웅도우 사원 안에 종일 돌아가고 있었다.

서너 명이 타는 길고 좁게 만든 나무배가 많다. 여자들이
노를 젓거나 신식으로 엔진을 달아 물 위에서 짓는 농사를 돌

아보는데 유효하다. 꽃과 채소를 수경 재배한다. 물옥잠은 수질 개선과 물에 뜨게 하는 부력이 있는 식물로 귀중히 여긴다. 물 위에 흙이 없을 텐데 벼농사도 가능하다는 설명에 이해가 되지 않았다.

모든 식생활도 호수 주변에서 자급자족이다. 물 위에 뜨는 물풀은 서로 엉기는 습성을 이용하여 그 위에 수경 재배하는 벼농사도 있다는 설명이다. 서로 물물교환하며 살아오다 학교도 생기고 관광객도 찾는 장소가 되었다.

선미에 원뿔형의 대나무 통을 단 배가 정지해 있다. 나무배 치고는 조금 더 큰 배였다. 무엇을 하는 배인지 신비하다. 사진

을 찍으려 하자 엔진을 단 우리 배가 물을 튀기며 용납하지 않았다. 호수 가운데 이르자 엔진을 끄고 사진 촬영이 가능해졌다. 모기장 망까지 쳐져 있다. 원시적 방법으로 고기 낚는 배였다. 점심 식사할 때 레스토랑에서 나온 물고기 튀김도 우리나라와 비슷한 음식이어서 낯설지 않았다.

견직물과 염색하는 가내수공업 공장도 있었다. 베틀을 이용하여 짜고 있다. 스카프를 인사치레로 두어 장을 사고 왔는데 질이 좋은 제품이었다.

서로 다른 부족끼리의 결혼식도 바라 볼 수 있었다. 마을의 잔치여서 여성은 모두가 부신부가 되어 부족마다 옷이 있었다.

하필이면 마을을 행선하는 부신부 일행을 촬영했다.

살아간다는 일은 무엇일까. 옛날이나 지금이나 시대에 맞
게 행복해지려고 서서히 변하고 있다. 미얀마 여행에서 오래
기억나는 인레 호수였다. 수상 호텔의 감격을 잊을 수 없다. 여
행은 이래서 자기 충전하는 도구이다.

바다 같은 호수가 그립다.

새벽 탁발 공양 친견

　이번 겨울은 유난히도 하얀 눈이 내린 날이 많다. 100년 만에 찾아든 한파로 여러 번의 교통통제도 감수해야 했다. 환경 변화와 이상기온으로 한파와 폭우에 시달리고 있는 걸까. 얼마 전 하얀 새의 깃털처럼 눈송이가 차곡차곡 내리던 날 라오스 스님이 생각났다. 라오스에는 우기와 건기만 있다는데 이처럼 하얀 눈꽃 세상은 상상이나 할까.

　꿈에 그리던 라오스를 다녀왔다. 다른 나라 관광하다 거쳐 가는 라오스가 아닌 새벽 탁발 공양을 체험하기 위한 루앙프로 방까지 가는 여행이었다. 라오스는 수도가 비엥티엔이고 방비엥에서 자연 동굴탐험, 3인조 카약타기를 하였다. 9시간을 버스로 오르막길을 가야 루앙프로방에 도착한다. 대부분은 오르막길 때문에 여러 어려움이 있어 포기하는 이유다.

　라오스는 지구상에서 때 묻지 않게 그대로 보존된 자연풍광과 루앙프로방 도시 전체가 유네스코 지정 세계문화유산이 많다는 것이다. 교통수단은 기차가 없고 오토바이와 버스다. 영업용택시가 옛날 삼륜 용달차이다. 70%가 산으로 둘러싸인 산악 국가여서 수입 원조에 의존하는 후진국이지만, 욕심도 없고 맑고 깨끗한 국민성에 고개 숙인다. 67%가 불교를 믿는 불교국가이다. 느긋하게 운전해서 경적이 없고 경찰들의 치안유지가 잘되어 강력범죄가 거의 없는 나라이다. 분지로 둘러싸인 도시는 산세가 관세음보살과 지장보살이 누워있는 와불(臥佛)을 보는 듯했다.

루앙프로방에는 라오스에서 가장 아름다운 왓 시엥통 사원이 있다. 새벽 4시 반에 일어나 새벽 탁발 공양 친견을 체험했다. 라오스에서 처음으로 불교를 전한 사찰이다. 수도승은 새벽 6시에 탁발 행선(行禪)을 나오는데, 일렬횡대(一列橫隊)로 노란 가사 걸치고 맨발로 나오는 모습이 장관이었다.

우리는 잠도 덜 깬 상태에서 세수만 하고 공양할 장소에 도착하니 희끄무레한 여명(黎明)의 장소였다. 정해진 시간에 깔개 위에 예를 갖추는 어깨띠를 두르고 합장하고 앉았다. 스님들께 공양물을 조금씩 정성을 담아 드렸다. 가슴 벅차고 환희의 기쁨 그 자체였다. 스님들은 1일 1식(一日 一食) 사시 공양 한 번이다. 1일 1식은 스님들의 삶의 방식인데 스스로 보잘것 없는 존재로 낮추는 수행의 길이다. 어린 티를 벗지 못한 동자승이 지나갈 때는 가슴에서 뭉클한 것이 올라오며 눈물이 나고 '부처님 감사합니다!'만 연발했다. 도시 전체를 보면 왜 하심(下心)이 우러난다고 했을까.

행선 코스가 관광도로에 접해 있어 탁발 공양에 참석하는 관광객은 몇백 명에 이르는 스님들께 공양물을 드린다. 스님은 발우 공양받고 한 바퀴 행선 코스 돌고 나면 뒤 블록에 사는 아이들과 주민에게 공양물을 나눠주고 약간의 먹을 것만 절로 가져간다.

　　연기법(緣起法)의 근원일까. 6~7세 정도의 동자승에서 20세 미만의 학승까지 맨발에 탁발공양은 무(無)에서 유(有)를 창조하고 다시 무(無)로 돌아가는 이치를 몸소 실천하고 보여주는 것이다. 조급함도 없고 그냥 마음이 차분하다. 모든 걸 다 떨쳐버리고 한 달만이라도 여기서 살고 싶다.

　　욕심과 명예, 부귀와 영화 전부 버리고 행복한 그 자체를 지닐 수만 있다면 얼마나 때 묻지 않은 세상인가. 밤에만 비가 내리고 낮에는 많이 즐기게 한 번도 비 맞지 않았다. 있는 그대로 자연을 벗하며 쉴 수 있는 별장형 나라, 바라보며 옆에 끼고 살 수만 있다면 좋은 나라 라오스였다.

〈2006. 2. 27. 제주불교신문〉

참회의 계단

　쿠알라룸프르 비행기 안에 십여 명의 스님들이 탑승하니 바투 동굴로 가는 일행임을 짐작하게 한다. 바투동굴은 종유석 동굴로 벽면을 장식하고 있다. 동굴 내부 꼭대기에는 천정이 뚫려 무성히 자란 풀포기와 하늘이 보인다. 참회한 기운이 우주로 올라가 승화되었나.

　가족여행을 떠났다. 싱가포르에서 유학하는 자녀가 있는 친척의 인솔로 한 그룹을 이루어 쿠알라룸푸르와 싱가포르를 구경하기 위해서다. 눈이 내리는 날씨에 떠나며 여행지에선 연중 내내 여름 날씨를 경험했다.

　적도 근처에 있는 말레이시아는 조화로운 나라이다. 종교

와 식물, 동물, 과일이 한데 어우러져 살아간다. 말레이시아 정부의 배려인지 사람들은 단 1링가의 비용으로 규모가 엄청난 힌두교성지를 참배도 한다.

주차장 앞에는 노상에서 이발하는 남자들의 모습이 보였다. 왜 하필이면 이곳에서 머리를 깎아야 하는지 궁금하다. 목만 내놓고 빨간색 가운으로 몸을 둘러 이발사가 요리조리 움직인다. 참회하기 전 몸과 마음을 정갈하게 하는 일은 지구촌 사람들의 공통사항일까.

계단이 3칸으로 나누어져 있었다. 첫발을 어디에 닿게 해야 할지 잠시 가슴이 두근거렸다. 1월 혹은 2월에 걸쳐진 보름날에 열리는 타이푸삼 축제 때는 백만 명 이상이 참배해도 큰 문제가 되지 않는다. 큰 규모의 사원이 동굴 옆에 있었다. 'No shoes'라 쓰여 있어서 경건한 마음으로 계단 입구에서 신발과

양말을 벗고 맨발로 올라서려 했다. 동굴에서 내려오던 서양인이 미소를 띠며 맨발로는 힌두교 사원에서 하라는 몸짓이다.

동굴은 272계단을 올라가야 나타난다. 3단계에 걸쳐 과거와 현재에 지은 죄 그리고 미래에 지을 죄를 참회하며 오른다. 과거의 힌두교 고

행자들은 자신의 뺨과 혀에 긴 바늘을 꽂았다. 등에는 맨피부에 낚시를 꽂고 오렌지를 달고 계단을 올랐다. 신 앞에서 속죄하고 참회하면 내생에 환생한다는 밀어를 믿기 때문이다.

나는 참회 진언을 암송하며 과거와 현재의 계단을 오르려 했다. 힌두교성지이지만 내 마음의 부처님을 그리며 '옴 살바 못자모지 사다야 사바하'를 주력하면서 계단을 오르려 했다. 중국 구화산에서 보았던 10,000개의 계단 중에 세 계단 오르고 삼보 일 배를 반복하던 스님 생각도 떠오른다. 참회의 계단을 몇 번이나 반복하여 올라가야 깨달음의 길에 들어섰을까. 모든 번뇌를 소멸하고 부처의 길을 실현하기 위한 명상으로 일관하였으리라.

동굴 입구 왼쪽에 자리한 과거의 계단만 남기고 가운데와 오른쪽 계단을 줄로 쳐놓은 의미가 궁금하다. 중간쯤 오르자 가운데 계단의 줄이 풀려있다. 과거에 지은 죄를 먼저 참회해야 현재의 계단에 들어설 수 있음이었다. '살생중죄 금일참회 투도중죄 금일참회.' 하면서 올라갔다.

16계단씩 17층이다. 10번째 층에 올라서서 가쁜 숨을 몰아쉬며 뒤를 돌아보니 커다란 무르간 동상 앞으로 시내가 한눈에 들어온다. 제주의 오름 높이만 한데 주변에서는 여기가 가장 높은 곳이다. 극락세계처럼 펼쳐져 있다. 미래에는 고통받는 사람들이 없게 해달라고 기도해 본다.

　꼭대기에 다다르니 날쌘 야생원숭이들이 사람과 같이 공존하고 있다. 아이들 손에 들린 카메라와 음식은 감쪽같이 낚아채어 놀라게도 한다. 인과법에 따라 꼬마 원숭이는 과거 현재 미래를 왔다 갔다 하는 것처럼 보인다. 세상은 윤회한다고 믿었을 때 저 원숭이도 전생에는 인간이었을 터이다.

참회한 기운은 원통형의 큰 구멍으로 하늘로 올라간 형상이다. 비가 내리면 동굴 안은 물바다가 될 듯이 질퍽거린다. 벽면에는 종유석들이 기암괴석을 이루고 이끼가 많이 끼어있다. 동서남북 네 방위에는 힌두교 성상이 모셔져 있다. 소원 성취하여 축복해 주는 우주의 기운처럼 환하면서 몸도 마음도 가볍다. 바깥세상과 차단된 동굴에서 윤회를 벗어버리고 해탈을 이루길 바라는 마음이다. 힌두 상이면 어쩌랴. 부처로 생각하고 기도하면 편안해질 것을….

자각(自覺)은 영원의 길이며 무지는 죽음의 길이다. 올바른 진리의 길도 알지 못하고 바람 앞의 촛불처럼 흔들리고 있다면 지혜의 완성에 이를 수 없다. 바투 동굴의 계단을 오르며 세상의 다양한 종교가 추구하는 것은 진선미 하나임을 느낀다.

〈2013. 1. 제주불교신문〉

두 번째 찾은 앙코르와트

세계 7대 불가사의 중 하나인 앙코르와트를 찾았다. 첫 번째는 30년 전에 문중회 임원으로 고령자 25명을 인솔하였다. 15년 봉사하다 보니 며느리로 구성된 단체에서 희로애락을 겪으며 보람된 일 찾았던 여행이 앙코르와트다. 여권을 처음으로 만들어 준 일로 그분들은 나를 더욱이나 기억했다. 단체로 인솔하지 않았다면 외롭고 힘들어하던 이들은 바깥세상 구경 못하고 임종하셨을 테다.

그때의 한국 날씨는 봄이어도 낮 더위가 심했다. 새벽에 앙코르 톰 연꽃 사원에서 부처님 사면불이 기억난다. 새벽 일출 햇빛을 받아 사면불에 비치니 부처상은 부드럽고 어디에서 보아도 황금 불이었다. 모두가 황금 불사를 하였으니 처음 바라본 광경에 당황하고 말았다.

이번에 다섯 자매와 앙코르

와트를 다시 찾았다. 캄보디아 국적기로 직항노선으로 두 달간만 한시적인 운항 상품이었다. 제주에서 겨울에 출발하는 여행은 하늘이 반을 차지해준다. 하필 갑작스러운 한랭전선의 급강하로 폭설이 내려 하늘길 바닷길을 막기 시작하였다. 결항이라는 소리만 들어도 가슴이 철렁거렸다. 대형 여객선 한 편만 목포로 출항하여 인터넷 예약 연결을 겨우 하였다. 목포항에는 하얀 눈으로 지붕을 만들어 택시조차 멈췄다. 환승도 여러 번. 겨우 인천공항에 도착하니 새벽 2시 30분이었다. 폭설에 갇힐 뻔한 여행이다.

앙코르와트를 방문했다. 앙코르와트는 12세기에 건축된 힌두 사원으로, 그 웅장함과 정교한 조각들로 유명하다. 크메르인은 밀림에다 어찌 건축물을 세웠을까. 재료는 사암과 벽돌

석회와 모래였다. 벽돌을 맞대어 비비며 매끈하게 다듬었고 야
자, 설탕, 덩굴식물의 수액으로 붙였다니 경외심마저 든다.

부표 다리를 건너야 앙코르와트 유적지이다. 정사각형의
해자를 만든 지혜가 의문이 든다. 모든 제작은 멀리 떨어진 산

에서 조각에 부조로 새기
며 옮겨왔다는 설이 뒷받
침이다. 3km의 성벽과
폭100m의 해자가 정사
각형으로 주위를 둘러싸
고 있다.

앙코르와트는 파괴의
흔적뿐이다. 오래전에 멸

망한 옛 도시였다. 캄보디아 시엠립의 톤레샵 호수 북쪽에 돌과 벽돌로 지어졌다. 19세기 중반 프랑스 식물학자 무오는 앙코르와트를 재발견했다. 무오가 나비를 채집하기 위해 캄보디아의 밀림 속을 들어갈 때였다. 안내인 4명과 함께 어느 지점에 도착하자 더 들어가지 않겠다고 버텼다. 몇백 년 동안 텅 빈 도시에서 주술에 걸린 수많은 유령이 들끓고 있다고 오싹하게 느꼈다.

무오는 텅 빈 도시가 있다는 말에 흥미를 느껴 직접 사실을 확인하고 싶었다. 안내인을 설득해 밀림 속으로 가다가 갑자기 펼쳐진 장관에 넋을 잃고 말았다. 앙코르와트를 본 사람들 역

시 거대하다, 경이롭다, 정교하다, 완벽하다, 신비하다는 말을
뗄 수가 없었다. 그는 일기에서 그 감격을 이렇게 표현했다.

"하늘의 청색, 정글의 초록색, 건축물의 장엄함과 우아한 곡
선이 절묘하게 어우러져 있다. 세계에서 가장 외진 곳에 아름
다운 건축이 있었다니 믿어지지 않는다."

그 안에는 정교하게 세워진 사원 600여 개가 있다. 무오가
발견할 당시 그곳에는 1,000여 명의 승려가 기거하고 있었다.
그중 10여 개는 이집트의 룩소르 신전이나 유럽의 대성당과 비
교할 만하다. 앙코르와트는 신의 세계를 지상에 구현한 사당이
다. 중앙탑은 힌두교와 불교에서 세계의 중심으로 받드는 수미

산(須彌山)을 나타낸다. 무려 7,000여 점이 넘는 문화재를 박물관에 보관하며 현장은 복제품으로 대체하고 있다. 잦은 내전

으로 인해 문화재를 제대로 보관할 여력도 없는 상태이다. 현재 앙코르와트 유적은 유네스코 세계문화유산으로 지정되었고 위기에 처한 유적 목록에도 등재되었다.

중앙에는 세계의 중심이라는 바이욘 사원이 높이 솟아 있다. 높이 54m의 납골당이 있는 불교 사원이 있다.

어머니께 바쳤다는 이 사원은 세밀하게 쌓아 올렸다. 54기의 사면탑(四面塔)이 있는데 사면이 부처 얼굴인 사면불안(四面佛顏) 관세음보살을 안치했다.

앙코르돔 동쪽에 거대한 나무뿌리로 유명한 타프롬 사원이 있다. 자야바르만 7세가 어머니의 극락왕생을 기원하며 세웠다는 불교 사원이다. 바냔 나무는 자라며 사원의 건축물 위를 덮어 버렸다. 돌과 돌 사이를 비집고 나무가 자라자 건축물이 부서지기 시작했다. 타프롬 사원의 스펑 나무인 바냔 나무가 성장 억제 주사를 맞으며 건축물을 무너지지 않게 유지하고 있다. 자연과 인간의 합작품이다. 전성기 때는 3,000 마을을 통치하고 8만 명이 사원 관리 했다니 어마어마한 장소이다. 영화

'툼레이더'에 배경으로 나오는 사원이다. 문둥왕 테라스는 '왕과 나'의 촬영 장소이다.

바푸온 사원 북쪽인 왕궁터에 피미아나카스 사원이 있다. 피라미드 형태의 힌두 사원이다. 상당 부분이 붕괴되었지만, 계단을 통해 꼭대기까지 올라갈 수 있다. 사원은 3생(전생 ·현생 ·내생)을 거쳐야 했다. 1층은 미물계, 2층은 인간계, 3층은 천상계를 상징하여 '천국의 계단'이라 불렀다. 신의 영역인 중앙탑은 70도가 넘는 가파른 성벽 그 자체로 담력이 없는 사람은 오르기를 포기할 정도다. 두 손 두 발을 써서 기어 올라가는 데 신에 다다르기 위한 예의라고 한다.

내려올 때 내 앞에 선 외국인이 다리를 떨며 무서워했다. 뒤돌아서서 하나, 둘, 하나, 둘을 같이 세며 왼발, 오른발 구호 붙이며 내려왔다. 그 외국인은 천당에서 내려오지 못할뻔한 자세였는데 "고맙다."라고 말하는 얼굴이 벌겋다.

모서리에 네 개의 탑이 서 있는 회랑이 둘러싸고 있는 중앙 탑은 앙코르와트를 상징하는 곳이다. 이곳에 서서 아래를 내려다보면 궁궐처럼 화려한 건물들이 한눈에 들어온다.

앙코르와트는 37년 동안 건설했다. 크메르제국의 신화와 역사를 보여주는 벽화가 부조로 새겨져 있는데 역사기록이 거의 남아 있지 않은 캄보디아에서는 역사 교과서와 같다.

예전의 캄보디아 관광도 코로나19 영향으로 타격을 많이 입었다. 운영하던 90%의 호텔이 문을 닫았다. 다행히 두 달간 특별기 직항노선의 운항은 단순히 한국 여행자만 탑승했다. 바이러스 하나가 세계 경제를 꽁꽁 묶어 놓는 위력이 대단하다. 인간에게 어떤 경고를 하는 것일까.

Chapter_5

인도

금강경 설법지를 찾아

기원정사는 금강경을 설한 장소로 경전에 전한다. 부처님이 제세시 24안거 하는 동안 많이 머문 장소이다. 석가족과 미얀마족, 방글라데시에서 자매결연 맺어 도움을 주고 있다. 아난다는 부처님이 이곳에 머물며 법을 설할 때 어떻게 시봉했을지 의아하다.

불교 발생국은 어떤 모습인지 오래전부터 가고 싶었다. 불교는 이슬람 세력과 힌두교에 잠식당하여 폐허가 된 유적지였다. 인도는 삶이 곧 종교여서 다종교를 인정하는 나라이다. 현재 불교는 1% 정도 남았다 할까. 복원하는 운영위원구성도 힌두세력 비율이 높아 불교 발전에 어려운 점이 많다. 밀림과 흙속에 파묻혀 있던 불교 유적을 찾아내는 일과 복원하여 조성되는 일은 더뎌지고 있다.

기원정사 앞에 서니 고모할머니 생각이 났다. 어려서부터 불교를 접한 일도 우연은 아니다. 고모할머니는 스님이었다.

어렵게 생활하던 할머니께서 회색 법복을 입고 우리 집에 드나들었다. 목수였던 친정아버지는 유복하지 못한 살림에도 절을 지어 시주하였다. 친할머니와 친정아버지의 사십구 齋를 지내며 부처님을 알게 되었다.

스님은 한번 왔던 신도를 정착시키는 보이지 않는 편안함도 있었다. 내가 초년 살림에 어려움을 내뱉으면 인내심을 가르쳤고 기원정사 얘기를 해주었다. 삶이란 참고 견디며 포용하다 보면 구름도 걷히는 이치라고 말했다.

금강경을 설했다는 법단 앞에서다. 남아있는 유적이라고는 기단부를 붉은 벽돌로 쌓은 공간뿐이다. 외벽은 허리 높이의 사각형 구조와 가운데는 원형으로 붉은 벽돌로 놓았다. 부처님의 수행 공간이었음을 짐작할 뿐이다. 입구의 낮은 8층탑은 조그맣고 양동이를 엎어 놓은 듯하다. 너무 작은 크기여서 눈물이 났다.

둥근 벽돌 층층 마다 금종
이를 붙였다. 미얀마나 태국
신도들은 순례할 때마다 탑
에 개금불사 공양을 잘한다.
금종이를 매끈하게 붙이고
또 붙이니 금탑으로 보였다.
햇빛에 반짝이면 기도의 정성이 천상에 빨리 닿기 위한 도구로
여기나 보다.

넓은 정원에는 부처님이 손수 심은 망고나무가 있었다는 말에 새삼 놀라웠다. 세월이 흘렀어도 새가 망고를 먹고 씨앗를 퍼뜨려 기원정사 안에는 천여 그루가 되었다. 한 그루가 천 그루의 망고 열매 달리는 데는 새가 포교역할을 단단히 하였다. 밀알과 겨자의 역할을 새 한 마리가 톡톡히 했다. 인도에서는 과일 공양으로 망고를 빠뜨리지 않는다. 허례허식을 하지 않아도 정성을 다한 제철 과일이면 된다고 나를 깨우쳤다.

순례자인 우리도 수행자의 자세가 되어보려고 보리수나무 아래에 앉았다. 순례하는 보름 동안 하루도 빠뜨리지 않고 버스 안에서 예불을 모셨던 법사님은 법복을 입고 좌정하여 예를 올렸다. 녹차 한 잔을 올린 후 집전 목탁으로 시작하여 두 시간 동안 한글 금강경을 염송하였다. 낮인데도 시원한 바람이 불자 나무 그늘에 앉은 자세로 기도드렸다. 목탁 소리에 맞추어 경전을 읽는 소리는 불교음악처럼 들린다.

부처님이 기원정사에서 오랫동안 수행했던 이유는 무엇이었는지 의아하다. '유영굴'에서 나와 마하보디 대탑 보리수나무 아래에서 깨달음을 얻은 뒤 기원정사에서 오래 지내셨으니 말이다. 길상초를 깔고 앉아 명상에 들었을 때 코브라 독룡이 부처님 목과 몸을 감싸 안을 때는 얼마나 싸늘했을까. 새벽이 되자 따뜻했던 기운에서 독룡은 몸을 풀고 사라졌다.

　앙굴리말라 집터와 수자타 장자 집터가 가까이에 있다. 앙
굴리말라는 살인마였다. 그는 어리석은 탓으로 남의 꾀임에 빠
졌다. 포악하여 손가락을 잘라 염주를 만들어 다녔는데 부처님
의 가르침으로 평생 재가 신도가 되었다. 사람을 헤치지 않겠
다고 부처님에게 서약하여 기숙사 생활했다. 부처님의 일거수
일투족 속에서 제도 되었다고 가르친다.

　수자타 장자는 부자였다. 고아에게 밥을 주는 사람이었다.
부처님 설법을 듣기 위해 수자타 장자가 24안거 동안 시봉하였
다. 아들 결혼문제로 왕사성에 들렀다가 부처님을 만나 인연이
되고 기원정사를 지어 공양물로 바쳤다. 금강경에서 가르치는

모두가 방하착(放下著)에 이르게 한다. 경전에는 공한 지혜를 근본 삼아 일체법무아의 이치를 요지로 했다. '무주상 보시'를 하며 집착도 번뇌도 내려놓으라 한다.

보리수나무 왼편에 부처님이 마시고 발을 씻었다는 우물이 있다. 이 우물은 2500년이 넘도록 마르지 않아 커다란 우물 통 안에는 얼굴이 비칠 정도이다. 우물 통 위에는 나뭇잎도 빠지지 않게 철망 덮개를 덮었다. 인도 관리인은 주위를 깨끗이 하며 쇠 펌프질하며 물을 퍼내었다. 내가 세족 우물을 확인하려고 관리인에게 루피를 건네자 세숫대야도 넘치게 깨끗한 물을 펌프질 해주었다. 아마도 부처님은 앙굴리말라와 수자타 장자의 발도 씻어주며 품어 안았으리라. 공양을 올리기에 앞서서 발을 씻는다는 최고의 예였다. 기운이 서린 우물이었다.

　기원정사의 철문을 경계로 사비성과 나뉘었다. 철문 앞에는 불가촉천민의 노약자와 어린아이를 안은 젊은 여인, 열 살 미만의 어린이들이 손을 내밀고 앉아 있다. 한국 순례단은 이들을 불쌍히 여기고 작은 달러나 루피를 주었다. 인도 정부의 손길이 닿지 않아 불편하게 여겼던 내 마음은 곧 후회하게 되었다.

　인도사람은 우리를 행복하게 하려고 손을 내민다는 소리에 새삼 놀랐다. 그들은 바로 내 보시 그릇이었다. '나에게 복을 짓게 하려고 그들은 감사의 인사도 하지 않는다.'라는 어느 작가의 글을 읽고 깨달았다.

　순례하며 보시 그릇에 담겨준 마음이 곧 나의 행복 찾기였다. 티 없이 맑고 검은 눈동자의 어린이와 노약자의 얼굴이 떠오른다. 마음이 충만하다.

〈2023. 5. 10. 혜향 20호〉

나의 만다라

어디에서 보아도 피라미드형에 제자가 받드는 모습이다. 오후가 되자 밀려드는 인파가 점점 많아졌다. 어제저녁 대탑의 모습은 기단 상층부에 설치된 약한 조명 빛을 받았다. 상층부 사면에는 은근한 대탑의 위용이 주황색이었고 꼭대기는 시커멓다. 아침에 사진을 보니 금탑으로 나투었다.

보드가야에서는 어디서나 우뚝 솟은 마하보디 대탑을 볼 수 있다. 그동안 나는 티베트 영화 관람했던 일이 만다라를 찾는 계기가 되었다. 중국인 군화에 걸어차인 만다라를 보며 목울대를 적셨다. 지병으로 헤맬 때 여래사에서 가느다란 『빛의 만다라』를 보았다. 만다라 걸개 사진을 아무리 찍어도 허기진 욕망을 채우진 못했다. 의문점을 풀기 위해 『만다라를 찾아』 순례에 나섰다.

오대산 순례 길이었다. 꿈속에 나타
난 두 어머니는 하얀 옷을 입고 검은 광
목 모자를 쓰고 있었다. 발은 보이지 않
고 미소만 지을 뿐 서로 손잡고 멀리 올
라가 버렸다. 왜 그랬을까. 부처님이 7
주 동안 정진했던 마하보디 대탑에서
의문이 풀렸다.

　　마하보디 대탑은 아소카 왕이 부처님 성도 자리를 기념하
기 위해 세웠다. 신발은 대탑 출입 계단 아래에 여느 때처럼 벗
어 두었다. 대탑에 가득 찬 참배객을 따라 감실 안으로 들어섰
다. 깨달음을 얻은 성도상은 대탑 감실 안(대보리사)에 안치되
어 있다. 새벽예불 때 친견한 성도상은 둥그런 광배가 현란한
보석처럼 반짝거려 가사가 금빛으로 빛났다.

광배의 반짝임은 감실안
불빛이 희미해도 하얗게 빛났
다. 해가 지지 않는 모습 같
다. 동행한 불교 회장은 줄을
따라 감실 안으로 들어서며
준비해온 가사와 시주금을 공
양구에 넣었다. 이어서 일행
은 접시에 담긴 꽃을 두 손으
로 받쳐 꽃 공양을 올렸다.

2023/02/16 09:41

새벽예불은 인도어로 하여도 진언은 알아들을 수 있었다. 빽빽이 들어선 순례객은 예불이 끝나자 탑돌이를 했다. 한 걸음 한 걸음 합장한 채 행선(行禪)하였다. 중요한 장소에 이르면 특별히 입장료내고 들어온 카메라로 셔터를 눌렀다. 핸드폰 촬영은 아예 금지다. 대탑 기단 아래에는 사면(四面)에 옛날 수행자의 모습이 세밀하고 견고하게 조각되었다. 기단 가운데 위에는 대탑이 삼각뿔로 서 있고 양옆에 작은 탑이 세워져 균형미가 있다.

인생이 마법처럼 풀릴 수 있으면 얼마나 좋을까. 만다라는 스승이 전하는 비밀스러운 내용을 전달하려고 그리기 시작했다. 둥근 바퀴를 이루는 것처럼 모든 법이 온전히 갖추어진 상태를 그리며 법을 전하기도 했다. 만다라 원안에 겹겹이 그려진 사각형을 바라보면 탑이나 피라미드로 보인다. 영험한 그림이다. 사각형과 원, 삼각형을 주로 많이 사용하여 연꽃 그림을 넣기도 한다. 중앙에서 하나가 되고 상하좌우가 대칭되게 만들기도 한다.

만다라는 우주를 상징하고 신들이 상주하는 신성한 장소이다. 만다라를 바라보면 경전 독송의 힘도 생겨났다. 자신의 마음을 쉼 없이 채찍질하는 근본으로 삼았다. 우주의 힘

이 응집된 티베트 탕카 만다라를 보았다. 영화에서도 여러 명의 승려가 하나의 만다라를 완성하는데 여러 달이 걸린다. 오색의 가는 모래는 입으로 바람세기를 조절하고 기구에 의해 구원(救援) 불로 나타났다. 스승과 제자 사이에서도 긴 담뱃대처럼 생긴 기구로 은밀히 전하는 바람을 불어넣으며 그렸다. 수행자는 우주의 근원과 하나가 되게 성찰로 안내하는 그림을 그렸다.

생활 속에 만다라 실천은 어떻게 하는 것일까. 여러 종류의 만다라는 중생에게 이익되는 일에 정성을 다하라는 가르침이다. 나쁜 감정이 비워지며 마음 상태, 몸의 변화를 바라볼 줄 아는 신중함과 인내가 필요하다. 현실은 열심히 살아가는 자체가 자신의 만다라를 그려가는 과정이다. 연로한 부모님을 손발이 되게 잘 모시는 일 또한 우리의 자세이다. 직장인은 자신에게 주어진 업무에 최선을 다하여 결과에 집착하지 않아야 한다. 사업가는 이익만 취하지 않고 먼저 고객을 위하는 자세가 생활 속의 만다라이다.

마하보디 대탑 안에서 나의 만다라를 찾았다. 부처님은 이 곳에서 49일간 고요한 마음으로 정정진(正精進) 했다. 고인이 되면 49일째에 회향하는 49재의 의미도 있다. 음양의 조화로움을 대탑에서 알았다. 시어머니와 친정어머니의 49재는 육체만 남기고 떠난 영혼을 위해 고유문 올리며 융숭하게 모셨다. 시어머니는 치매로 10년이나 고생했으나 나는 며느리 도리로 원 없이 보살폈다. 장병에 효자 없다던 세월도 오랫동안 그려진 나의 만다라 한 장이다. 시어머니와 같은 영혼을 위해 단주 1,000개를 호스피스 병동에 보시했다.

친정어머니는 갑작스러운 불치병 진단이 내려졌다. 한 달 반 동안 특별난 주사를 맞아도 소용없었다. 누워 계신 어머니에게 나의 질병 때문에 속상했는지 참회 진언 올리며 부모은중경을 보름이나 읽어 드렸다. 친정어머니는 부모은중경 법문을 20번도 더 들었다는 얘기가 귓가에 맴돈다. '병들고 늙은 부모님이라도 살아계시면 부자.'라던 큰스님 법문이 이해된다. 병들어도 곁에 있으면 대답이라도 들을 수 있지만, 숨결만이라도 느끼고 싶어진다.

나는 어디서 왔을까. 하늘을 쳐다보니 지구에서 만들어지지 않는 별에서 내려왔을 것 같다. 간혹 밤하늘을 바라보며 나를 향해 떨어지는 행성이 별이 되기를 바랐다. 어머니의 몸에서 태어났을 뿐이다. 어머니가 별로 돌아가듯이 나도 별로 돌아갈 것이다. 고개 들어 대탑을 올려다보았다. 탑 위에 알 듯 모를 듯 새겨진 수행자가 별로 향하고 있다. 두 어머니는 수행자 등 위를 기어가는 듯한 형상이다. 별이 되기 위해 하늘 가까이 가는 환영(幻影)이다. 한 달 사이로 떠나신 두 어머니는 나의 만다라였다. 효도도 생활 속의 만다라를 완성하는 길이다.

인도 기행은 문화의 충격으로 나를 깨우쳤다. 나에게 불가촉천민은 보시 그릇이었다. 걸인으로 보지 말고 복 짓는 도구로 삼으라 계시(啓示)하고 있다. 힘없고 구원의 손길을 뻗어 올 때 가진 것이 없어도 뿌리치지 말고 할 수 있는 만큼 들어주라는 예지몽으로 다가왔다.

내 삶의 가치를 어디에 두었는지 반성하게 한다. 오늘도 참회 진언을 외운다. 옴 살바 못자 못지 사다야 사바하.

〈2024. 7. 12. 24년 좋은 수필 8월호〉

초전법륜지에서

　　탑 뒤에는 아쇼카 석주의 기단부와 승방이 최근 발굴되었다. 1835년 영국 고고학자에 의해 발굴되기 시작하여 현장에서 나온 수많은 유물은 사르나트 박물관에 전시되고 있다. 불교 유적물은 지금까지 10%도 발굴이 되지 않아 계속 진행 중이다.

녹야원에 갔다. 부처님이 최초로 법을 설하신 초전법륜지이다. 다메크 스투파는 부처님이 최초로 안거했던 곳이다. 다메크는 진리를 본다는 뜻이다. 부처님의 설법을 기념하여 아쇼카 왕이 세운 탑을 기본으로 후대에 확장하였다. 윗부분은 붉은 벽돌로 쌓은 거대한 원통형 전탑이다. 마우리 왕조 때에 축조되어 굽타왕조에 증축했는데 지금은 윗부분이 파괴되었다.

이곳은 그 옛날에도 붉은 벽돌로 둥글게 쌓아 멀리서도 바라볼 수 있는 적멸보궁처럼 여긴다. 동행한 12인은 나무 그늘에 앉았다. 법사님의 목탁에 맞추어 천수경 독경하고 법회를 본 후 '사띠 수행'에 들었다. 가는 곳곳마다 법당이고 법회장이었다.

바닥은 잔디 공원으로 조성되었다. 가슴에 표찰을 단 인도 관리인이 있다. 철제로 된 울타리 너머에는 상인과 주위의 불가촉천민이 손을 내민다. 1달러를 요구하는 여러 사람들이다. 세계는 하나이고 다 같은 사람인데 왜 층층일까. 한국인은 인도가 불교 발생국이어서 순례하다 이런 사람을 만나면 보시하는 마음으로 달러를 주었다. 우유라도 사 먹을 수 있는 정도인지 의문스럽다. 요즈음에는 금전이 아닌 사탕을 집어주라는 말이 있는데 어린아이는 한국어로 "사탕 말고 달러 주세요!"하는 소리에 깜짝 놀랐다.

초전법륜지는 경전에 말하기를 '부처님께서 정각을 이루신 후 7주간 명상에 잠겼을 때 제석천이 하강하여 중생을 위해 법을 설하기를 간청하였다. 다섯 비구를 상대로 사성제 고집멸도와 팔정도 正見, 正思惟, 正語, 正業, 正命, 正念, 正精進, 正定을 설하였다.' 라고 전한다. 아쇼카대왕은 초전법륜지를 알리는 석주를 세웠다. 이곳도 11세기에 이슬람 세력의 침략으로 파괴되어 오늘의 터만 남은 모습이다.

건너편으로 돌아서니 사르나트 고고학 박물관이다. 카메라와 핸드폰 등 가방 일체를 소지할 수 없게 했다. 박물관 마당에서도 철조망 너머 녹야원의 다메크 스투파 몸통이 보였다. 박물관에 소장된 B.C 3세기에서 12세기에 만들어진 다양한 형태의 조각과 불상이 소장 되었다.

안내원은 박물관에서 중요한 곳마다 설명해주었다. 5세기 굽타 시대에 조성된 초전법륜상이 있다. 「염화미소」의 부처상은 이곳에서만 볼 수 있다. 레오나르도다빈치가 그린 「모나리자 미소」와 비교해보라 했다. 염화미소의 상징인 입 꼬리 부분은 뭐든지 다 들어 주어 소원 성취를 바라는 답인 듯하다. 걱정하지 말라는 신호처럼 중생의 마음을 꿰뚫고 앉아 계신다. 염

화미소 부처상 앞에 서니 반원형으로 처음 모습이다. 내가 발을 좌우로 옮길 때마다 그대로 따라다니는 미소는 어떻게 조각했을까. 불자가 지녀야 할 초발심을 가르치고 있다. 불가사의하다.

초전법륜상의 기단 대좌에는 다섯 비구가 돌아가는 모습의 법륜이 조각되어 있다. 녹야원을 상징하는 사슴이 숭고하게 그려졌다. 부처님의 첫 설법지인 녹야원을 상징성 있고 뚜렷하게 보여주는 대표적인 불상이다.

부서진 아쇼카 석주도 깨진 곳을 새기며 전시된 곳도 있다. 아쇼카 석주 기둥머리에는 현재 인도국가 문양인 네 마리의 사자상이 얹어져 있다. 서로 등을 맞대고 있는 사자의 사(四)방위로 상징되어 전 지역에 佛法이 미치는 것을 나타낸다. 석주의 상륜부에는 동서남북을 의미하는 코끼리, 말, 소, 사자 네 마리 동물이 법륜을 의미하는 네 개의 수레바퀴를 굴리는 형상이 조각되어 있다.

박물관 안에는 여러 나라 사람들로 꽉 찼다. 가방을 소지하여 입장할 수 없는 규칙이 있다. 한 사람은 정문 입구 노천 한 곳에 짐을 모아놓고 지켜야 했다. 박물관 안에서 살펴보고 안내원을 따라다니며 눈과 머리에 부지런히 새기고 있었다. 일행 중 한 명이 "저기 제주도에서 온 팀 같은데요?" 깜짝 놀랐다. 이게 무슨 인연일까. 제주불교 신문에 기고하는 인성 스님과 '우리절 신도 40명'이 이곳에 순례 왔다. 스님과 인사 나누는 사이에 누군가 "언니!"라고 부른다. 그녀는 달마다 만나는 독서 회원이었다. 평소에 하는 일이 달라 서로 마주치기도 어려운데 여기에서 만난 인연이 뜻밖이다. 인성스님은 어린이 법회부터 키워온 불제자를 데리고 자주 인도 순례하였다. 나의 종교관을 확실히 하고 세계관과 비추어 깨달음으로 돌아가는 과정이다.

　나는 오늘도 만다라의 참 의미를 찾아서 순례하고 있다. 고통이 찾아와도 원인이 어디에서 왔는지 고통의 진리는 무엇인지 헤쳐 나갈 수 있기를 바랐다. 어디에서나 믿는 마음 변치 않기를 기도해 본다.

　오늘도 다시 광명진언을 독경한다. 옴 아모카 바이로차나 마하 무드라 마니 파드마 즈바라 프라바르타야 훔.

〈2023. 12. 혜향 22호〉

다비장의 영혼과 달

　　바라나시는 영혼의 도시이다. 세계에서 오래된 도시이고 영적인 빛이 넘친다. 인더스 문명도 갠지스를 따라 일어났으니 삶과 죽음도 오래전부터 공존하는 도시이다. 인도를 갈망했던 이유도 항하사 모래를 체험하며 다비 모습을 보고 싶었다. 히말라야에서 흘러내린 물은 인도 평원을 지나 갠지스에 닿는다. 힌두신앙에서는 성스러운 물에 목욕하면 죄업이 사라지고 화장한 재를 강물에 띄우면 윤회에서 벗어난다고 하고 있다.

　저녁에 바라나시 갠지스 강 순례에 나섰다. 강가까지 비스
듬한 거리에는 옷깃을 스칠 정도로 사람이 북적인다. 가트 계
단을 지나 예약된 목선에 오르자 열대엿 살쯤 되어 보이는 남
자아이가 몰았다. 학교 갈 나이에 공부는 뒷전이고 몇 달러의
벌이로 가족의 생계를 책임질지도 모른단 생각에 서글프다.

　갠지스 강에 오면 죽음과 삶이 공존한다는 실체를 보고 싶
었다. 인도에 오기 전에는 다비 장에서 태워진 재를 뿌린 물과
목욕한 물을 먹는다며 배변처리는 어찌하는지 궁금하였다. 다
비는 불교에서만 행하는 줄 알았는데 힌두교인이 80% 이상인
인도에서 공인된 노천 화장장이다. 공동묘지의 봉분도 없다.
다 종교를 믿고 있어 갠지스 강을 성스럽게 여겼다.

　갠지스에 바나나 잎은 꼭 필요한 식물이다. 물을 맑게 해주
는 맹그로브 습지처럼 작용하여 강을 살리고 가라앉은 잎은 녹

아 없어졌다. 석양의 빛을 받아 윤슬이 일어나는 물은 생각보
다 깨끗하다.

　　다비장 입구였다. 거간꾼들이 화목으로 사용할 재료를 흥
정하는 차이는 극심했다. 가난한 사람은 비용 문제로 잡목사용
과 화장 시간이 짧다. 시간이 되면 타다 남은 채로 강물로 띄워
버린다. 부유층은 망고나무로 24시간을 태워 깨끗한 한 줌의

재만 남으면 반야 용선에 띄운다. 그 일에 종사자는 돈만큼 주검을 태워 준다니 죽어서도 빈부 차이는 어쩔 수 없나 보다. 다비장 뒤 계단에는 가격에 따른 여러 종류의 나무들이 산더미처럼 쌓여있다. 연중 다비장에는 휴일과 휴식 시간도 없다.

남자아이는 목선을 다비장 가까이에 댔다. 다비장의 여러 군데에는 서 있는 사람과 사닥다리 나무 위에 올려 진 대나무 판이 보였다. 상주는 여자를 제외한 대여섯 명으로 정해진다. 상여 앞에 상주가 서 있다. 남자는 상여 앞에서 삭발하여 흰옷을 입는다. 대나무 판 위에 엷은 천으로 말아 올려 진 주검은 여섯 명이 빠른 걸음으로 메고 갔다.

운구 행렬에는 고정된 종사자가 상여를 메고 갠지스 강의

성스러운 물에 담그러 내려간다. 맨 위의 붉은 천까지 물속에 잠기게 두어 번 반복했다. 인부 한 명이 뭐라고 소리를 내자 건져내어 다비장으로 메고 올라갔다. 불과 삼사 분 사이의 행위다. 죽어서도 신의 가호가 있기를 바라는 염원처럼 들렸다. 성스러운 물에 담가야 골고루 불이 잘 붙는다는 안내원의 설명이다. 24시간 동안 연기와 벌건 불길이 연속이었다.

상주는 고인이 마지막 가는 길에 원하는 나무를 얹고 긴 장대를 가지고 고루 타도록 뒤적이고 있다. 넓은 계단 위 20여 군데 노출된 다비장에는 검은 연기가 계속 피어오른다. 살아있는 사람과 주검을 마주하여 이루어지는 현장이다. 힌두교에서 가르치는 죄업을 멸하기 위해 살아서도 죽어서도 갠지스 물에 목욕하고 있다. 재가 뿌려져 강물에 띄우면 윤회하고 해탈한다면 갠지스의 물고기는 어떤 모습이 될지 의문이다.

나는 누구이며 어디서 왔을까. 왜 태어나고 죽어야 할까.

죽은 다음에 나는 어디로 가야 할까. 내 몸은 부모님이 만들어 주셨지만 두 분이 저세상으로 갈 때도 두려웠을까. 이 마음은 도대체 무엇일까. 불·법·승 삼보에 귀의하며 생사윤회의 고통에서 벗어나려 노력하여도 공허한 마음뿐이다. 경전 속에 나오는 부처님 혼이라도 느껴보는 심정이다. 가슴 떨린 일이었다.

다시 목선을 탔다. 해가 뉘엿뉘엿 져가니 황혼을 닮았다. 어느새 달이 떴다. 수면에도 달이 비친다. 다비장의 영혼도 강물에 흐르며 좋은 곳으로 환생하기를 바라본다. 수많던 인도인은 목선을 타고 떠나버렸는지 순식간에 주위가 고요에 젖고 있다. 피안으로 가버렸을까. 멀리 다비 장에선 검은 연기와 활활 타오르는 불길이 겹치고 있다.

피어오르는 연기 속에 영혼의 괴로움도 묻어 버리기를 바라는 마음이다.

〈2023년 수필 오디세이 여름호〉

아잔타 전망대에 오르며

아잔타 마을은 예전부터 버려진 땅이었다. 데칸고원의 주민은 불가촉천민으로 구성되어 나라에서도 인정받지 못하는 사람이 살았다. 근래 들어 인도 정부 총리에 불가촉천민이 선출되자 빈민촌 같던 거리가 달라졌다.

　한정된 아잔타 특구에서 목화재배를 했다. 마음 놓고 지은 농사로 주민의 삶이 나아졌다. 힌두교도가 많은 인도이지만, 아잔타 마을 사람 모두는 불교를 믿었다. 내려다보이는 아잔타 석굴의 영향이었을까. 땅이 척박하고 물도 귀한 고원지대에 부처님의 자비가 임하셨나 보다.

　데칸고원의 아잔타 마을로 들어섰다. 델리공항에서 국내선으로 탑승해야 데칸고원에 오게 되니 모든 여행 일정이 이곳에 올수 없다. 일기예보에 따라 더워질 날씨에 대비하여 아침에는 반소매 차림으로 나섰다. 고원으로 오를수록 기온 차이로 한기를 느껴져 긴 옷을 껴입었다.

마을 입구에는 붉은 사리 차림의 여인들이 천막을 깔고 앉아 합장하고 있다. 많은 사람은 마을 회의를 하는지 질서 정연하다. 머리에 하얀색 터번을 두른 남자가 있어 안내원에게 물었다. 장례 치르는 상주집이라 하였다. 안에서는 업장 소멸을 바라는 의식 중이다. 이곳에선 장례를 치를 때에 화려한 색인 붉은 옷을 입고 있다.

　　목화를 실은 화물차가 지나간다. 화물차는 가벼운 목화솜을 키 높이 막대를 세우고 가득 실어 경매장소까지 오가면 한 달 정도 걸렸다. 데칸고원에서는 목화가 유일한 작물이다. 목화는 일 년에 두 번 꽃을 피운다. 처음에 붉은색으로 피었다가 씨가 익으면 굳어진 꽃받침이 벌어져 하얀 솜꽃으로 피어난다.

인도 날씨는 밤에는 살얼음이 낀다. 이 마을 사람은 솜이불을 덮을 정도로 추워서 목화를 재배한다. 물레를 돌리며 원시적 농법에 불가촉천민끼리 뭉쳤다.

버스가 아잔타 전망대 입구로 들어섰다. 차창 밖으로 상여를 메고 뒤따르는 사람들의 모습이 길게 보였다. 어깨 위에 메고 가는 운구 행렬도 우리 눈에 익숙한 옛날 방식으로 치러지고 있다. 버스가 한참 지난 뒤에 행렬은 너른 공터에 도착했다. 안내원은 오른쪽 창가 쪽으로 시선을 유도했다. 도랑을 끼고 노천 화장터처럼 보이는 곳에 사람들이 둘러서 있다. 고인은 마을 유지인 듯하다.

갠지스 다비장이 아니어도 지류의 도랑만 있으면 좋은 나

무를 준비하여 화장한다. 상주는 시신에 성수를 묻히고 온전하게 태운 후 남은 재 한 줌 들고 갠지스 강에 뿌리러 떠난다. 온 동네의 애경사를 나의 일처럼 챙기는 협동문화의 잔재를 이곳에서 만났다. 조물주는 세계 어느 곳이든 비슷한 문화를 창조해 주셨나 보다.

왜 힌두인은 화장 재를 강물에 뿌리고 목욕 후 그 물을 먹으며 살아갈까. 매일 성수를 적시고 의식을 치르며 내세 환생을 빈다. 힌두인 80%가 넘는 인도에서 빈부의 차가 없어지지 않는 점은 내세 환생이 허구성이 아닌지 의심스럽다. 거리마다 손 벌린 병든 사람과 여러 종교의 수행자들은 진짜와 가짜가 섞여 갠지스에서 고행하고 있다.

비위생적인 수질과 석회암 성분이 많은 강물도 바나나 잎이 정화 시켜 준다. 버려지는 바나나 잎은 강을 뒤덮을 듯해도 물을 정화 시켜 준 뒤 강바닥에서 녹아 없어진다. 바나나 농사는 일년생으로 물가를 따라 심어야 풍부한 잎사귀와 열매도 튼실하다고 했다. 세상 이치의 무량함에 다시 배우며 고개를 끄덕였다.

아잔타 석굴 꼭대기 전망대다. 다음으로 찾아갈 아잔타 석굴을 내려다보니 몇 백 미터 아래로 보인다. 양산을 받쳐 든 오가는 물체가 가물거린다. 그랜드캐니언처럼 계곡이 깊게 파였

다. 사방이 훤하게 비추어 반원형의 석굴들은 하나의 암석으로 손바닥 안에 놓인 듯하다. 전망대 위에 서자 아랫마을에 살았던 사람이 이방인으로 느껴졌다. 묻혀진 불교 유적은 18세기 말에 영국인이 사냥 중에 발견하였다. 아잔타 석굴은 불심으로 뭉쳐서 부처님의 기운이 후세에 발하였을까.

데칸고원은 물이 마른 분지이다. 홍수가 나면 산 위 아잔타 마을에서 석회질 빗물이 흘러 지표가 낮은 반원형의 아무르 강에 닿는다. 발아래 까마득하게 위치한 강물 주변으로 거대한 현무암 바위산이 하나로 이어졌다. 데칸고원에서 내린 석회질 섞인 빗물은 검은 바위가 누렇게 변하였다. 전망대에서 바라보니 비가 내리지 않아도 멀리서 보면 폭포에 하얗고 누런 물이 내리고 있다.

수행자들은 그 바위산에 30개의 굴을 파서 생활하였다. 굴

안에는 200여 명 이상 앉을 수 있는 법당과 2층에 넓은 승방이
공존하고 있다. 도구를 이용하여 굴을 파며 숙식에 지장 없게
숨어들었으니 온전한 유적으로 남았다. 바닥에 골골이 패인 돌
자국은 참수행이 어떤 것인지 숭고하다. 대대손손 구원받으려
했는지 경이롭다. 중생이 성불하는 일은 쉽지 않다. 손바닥을
뒤집는 것처럼 한 번에 해결되지 않는다. 종교가 무엇이기에
혼자 잘살려고 산으로 갔을까. 종교의 참 의미를 반추했다.

아잔타 석굴은 자비의 힘으로 어떤 침략에도 드러나지 않
았다. 아잔타 마을 사람들은 무엇을 원했을까. 부귀공명도 누
리지 못하고 먹는 일에도 한계를 느꼈으니 어찌 지냈을지 궁금

하다. 어마어마한 석굴의 규모를 보니 근처 마을 사람이 몇 백
년 동안 울력에 동원되었을 듯하다. 그 인원도 상상할 수 없다.
오로지 불교를 대대로 믿으며 가족 중에 한두 사람이라도 출가
시켜야 후손이 구원받을 수 있다고 여겼나 보다.

　조물주는 굼부리 형의 석굴을 감춰지게 만들고 후세에 발
견하게 하였다. 가난한 사람들도 먹고살게 배려하였다. 전망
대에서 찍은 사진 속에 폭포가 흐르는 듯하다. 자연이 주는 위
대함에 입을 다물었다. 파란 하늘에 물감을 풀어 놓은 듯하다.

〈2023. 8. 제주 수비 동인지 9호〉

지도 한 장

싯다르타는 29세에 출가하여 6년 동안 전정각산(前正覺山)에서 고행했다. 계율을 지키며 단식하고 고행하더니 피골상접한 채 몸이 말라갔다. 수행자 싯다르타는 유영굴에 그림자만 남겨두고 나섰다. 싯다르타는 춘다가 공양한 우유죽을 먹고 나이란자나 강에서 목욕했다. 강 언덕 가까이에 한 그루의 보리수를 보고 공손히 합장하여 나무 아래 풀을 깔고 앉았다는 전설 같은 이야기가 경전에 전한다.

마하보디 사원에서다. 대부분 여행사 일정은 사원에 한 번 입장하면 대탑의 위엄을 살피고 다른 장소로 이동한다. 하지만, 수원불교문화원장은 대탑을 중점으로 이틀에 걸쳐 살피자고 제안하였다. 그는 순례 목적지를 선정하여 가려는 곳에 현지 안내인 안내만 받을 뿐이다. 의문점을 다 풀고 나면 대탑을 세 번씩이나 찾았던 이유를 알 수 있으려나.

보물찾기에 나섰다. 원장은 지도 한 장씩 나누어 주었다. 그 종이에는 서너 개의 크고 작은 사각형만 그려져 여백이 너무 많다. 일곱 군데 지점은 작게 표시하여 설명도 없다. 지도상 큰 사각형 한쪽 면에서 다른 쪽 면으로 꺾어질 때도 10분 이상 걸어야 하는 거리다. 가운데 대탑을 중심으로 동서남북 미로 처럼 계속 돌게 하여 만다라 그림 초안 같다. 신발은 대탑 출입 계단 아래에 여느 때처럼 벗어 두고 부직포 덧신을 신었다. 오 후가 되자 새벽예불 때 보다 밀려드는 인파가 많아졌다.

싯타르타 부처님은 정각(正覺)을 이루기 위해 마하보디 대 탑을 중심으로 한군데에서 7일씩 49일간 정진했다. 일행은 지 도상 표시된 지점을 찾아 나섰다. 1주 차 지낸 곳은 금강좌이다. 보리수 아래에서 깨달음을 얻었으니 감실 근처 같다. 새벽예불 때 가사를 올렸던 감실 옆으로 돌아서니 의자가 있다. 이 지점 은 전날 저녁에 동료와 앉아 명상했던 곳이다. 금강좌는 붉은 금색 치장을 하여 유리로 덮여있다. 합장하고 걸으며 몇 번이나

지나쳐도 동판을 못 살핀 곳이다. 유네스코 세계문화유산 동판
이 조그맣게 세워있고 철책으로 둘러 비와 바람에 견딘다.

　2주 차는 깨달음의 축복을 주신 보리수나무를 눈도 깜빡이
지 않고 응시한 장소 찾기다. 지도를 펴고 이리저리 맞추어도
구분이 서지 않았다. 탑돌이 하던 중 대탑 대각선 구석에 있었
다. 두 번씩이나 그 자리에 앉아 법의식도 올리고 30분씩 묵언
명상한 곳이다. 긴 하트 모양의 보리수 잎사귀는 온 누리에 자
비를 베풀며 수행의 근본으로 삼으라 한다.
　3주 차는 연꽃이 올라와 발을 받쳐주시고 사과 공양을 많이
한 장소 찾기다. 처음 입장하여 걸을 때와 이튿날 새벽에 탑돌
이 할 때마다 아래층 기단 부를 거쳐 갔다. 과일 공양을 특이하

게 쌓아서 눈여겨 사진 찍은 곳이다. 쓰러지지 않게 테이프로 붙였다. 미얀마 스님과 신도들이 무리 지어 앉아 염불하고 있다. 동판에는 내가 읽을 수 없는 인도어와 사과라는 영어글자가 보여 보물 같았다.

4주 차는 보석으로 발광한 장소 찾기다. 사과 공양 장소와 정반대 위치인 바깥 사각형에 있다. 일곱 가지 보석을 갈아 합하니 황색 빛을 띠어 불교의 황 가사 유래가 된 장소다. 하얀색으로 칠해진 야트막한 벽돌에 부처상이 황 가사를 둘렀다. 상상 이외의 하얀색 법단은 기복신앙으로 여겼는데 탐 진 치 중에서 어리석음이었다. 법단 아래에 초록색 동판이 세워졌다.

그곳에 여러 티베트 스님과 티베트인은 간격을 좁혀 오체

투지 하고 있다. 어제도 오늘도 쉼 없이 오체투지 한다. 티베트인들은 화장기 없는 얼굴에 주름살이 골골이 새겨졌다. 검은 복장에 허리를 단단히 묶고 텅 빈 무념 상태로 절하고 있다. 배와 다리가 하나 되게 땅에 붙도록 절한다. 사람이 죽어 땅속에 누울 만큼의 자리이다. 이마가 땅에 부딪힐 때마다 멍이 들고 혹이 생겨 성한 곳이 없다. 그들은 무엇을 찾으려고 온몸을 불사르고 있을까.

5주 차는 새벽예불을 드렸던 감실 계단 입구 자리의 법화경 설법지다. 부처님이 법화경을 설하고 아난다가 기록하여 경전으로 전해진다. 새벽예불에 동참하려고 2시간 동안 줄을 섰던 곳이다. 한국어로 번역된 법화경 사경을 여러 번 하며 신심(信心)을 얻었다. 제주 통일사리탑에 봉안할 때가 떠오르니 법화경 경전이 눈에 어린다.

6주 차는 무칠란다 연못이다. 여기는 예상 밖의 장소여서

찾기에 애를 먹었다. 연못이 밖에 자리하리라고 생각 못 했다. 사각형 외부 대탑 남쪽에 석주가 높이 서 있고 그 너머에 연못이 있다. 전날 저녁에 사진을 찍었던 장소다. 휴대폰 촬영은 금지하니 나에게만 간직된 유일한 사진이 되었다. 대탑에서 반사된 빛은 연못 가운데로 비추고 있다. 사진에는 코브라 광배와 붉은 윤슬까지 나타나 그림 같다. 하지만, 아침의 부처님 광배는 또 다른 모습이다.

　연못 가운데에 둥둥 떠 있는 부처상이 있다. 광배에 코브라를 일산(日傘)처럼 올린 이유도 궁금해졌다. 운무 속에 코브라가 부처님을 보호해주는 느낌은 연못이 맑아 숲속 같았다. 코브라는 용왕으로 변신하여 안개·바라·천둥·번개 등으로부터 부처님을 보호하였다. 코브라 광배 아래 부처님은 이끼도 끼지 않은 채 빛나고 있다. 독룡 같은 번뇌의 뿌리조차 해탈시켜서일까.

7주 차에는 라자야타나 나무이다. 싯다르타는 오래전 수행을 같이한 다섯 비구한테 깨달음을 얻고 법을 전하려 생각한 장소였다. 철책으로 높게 쌓여 나무를 보호하고 있다. 큰 사각형 사원 외벽에 부처님 전생 이야기와 고행상 부조가 있다. 고행상은 울타리 벽에 조각되어 경전 속으로 빠진다. 원통형에 새겨진 경전조차 못 읽는 사람도 마니차를 굴리면 안도감을 찾듯이 울타리의 부조를 바라만 보아도 환희심이 일었다.

사람은 어떤 목적을 갖고 찾느냐에 따라 눈에 보인다. 보물을 찾고 나자 일곱 군데에는 유네스코 세계문화유산 표지판이 모두 세워져 있다. 어떤 스님은 조그마한 그물망 텐트 안에서 100일 기도 작정하고 오셨는지 참선을 이어가고 있다. 같은 자리에 몇 시간이고 가부좌로 앉아 명상하는 순례객도 보인다.

여행을 끝내고 나자 기억에 오래 남은 것은 지도 한 장이다. 많은 것을 생각하고 머물게 하였다. 7과 49라는 의미는 영혼과 깨달음의 숫자였다. 꽃 공양과 과일 공양, 황 가사와 부처님, 보리수나무와 경전은 49재 영혼과 생전예수재에서 행해지는 실지 모습이었다.

나는 대탑 안에서 이모저모를 살피고 나니 큰 파도처럼 밀려오는 가피를 받았다. 나는 왜 태어났으며 생로병사는 무엇일까. 윤회와 업은 어디에서 왔을까. 연기(緣起)법은 인과에 따라 윤회한다는 믿음이다. 살아가는 동안 마음에서 일어나는 탐진치 삼독심을 각성한 기회였다. 두려워 말라는 불법을 대탑 기행에서 다시 새긴다. 하늘빛이 파랗다.

〈2024. 4. 수필과 비평 5월호〉

영축산에 울려 퍼진 법화경

   부처님이 걸었던 왕사성 영축산 가는 길로 걸어 본다. 왕사성은 안내원 라훌라의 고향이라 했다. 라훌라는 왕사성 안과 밖의 차이로 살던 집터가 갑작스러운 정부 정책으로 가난해졌다. 라훌라는 생계를 책임지게 되면서 염주 장사도 했다는 기특한 젊은이였다. 세계 불교인의 성지순례 장소이다.
   영축산은 부처님께서 법화경을 설하신 곳이다. 우리나라 경남 통도사도 영축산에 있어서 부처님의 진신사리를 모셔 적

멸보궁이라 부른다. 영축산이란 이름도 인도 영축산 또는 영취산이라 부르는 데서 따온 것 같다. 왕사성에 있는 영축산은 꼭 가야 하는 일정이다.

길가의 염주 장사는 순례자를 쫓아다녔다. 영축산(영취산, 둥게스와리) 가는 길에는 불가촉천민이 있다. 성지 순례자를 대상으로 남녀노소 구걸하고 있어서 안타까웠다. 걸인은 노인에서 아기에 이르기까지 즐비하게 앉아 구원의 손길을 기다린다. 검은 눈이 유독 예쁜 젊은 여인이 빈 젖병을 가슴에 대고 "아기가 우유 없어요!" 소리에 가련하다.

안내인이 나누어준 물병 하나를 비워갈 정도로 경사진 길을 걸었다. 30분이나 지팡이 두 개 짚고 오르막길을 걸어 꼭대기에 이르자 독수리 바위이다. 일명 독수리 동산이라 부르는 이유도 가까이 다가가 보면 독수리 머리 부분을 닮았다.

독수리모형 산이 특이하여 사진 촬영 하였다. 잠시 멈춰 섰
는데 어디선가 스피커를 통하여 들려오는 반야심경 독송 소리
가 낯설지 않았다. 점점 걸어갈수록 또렷한 한국어였다. 암송
하는 반야심경 경전이 영축산에 울려 퍼지자 부처님을 생전에
만나는 것처럼 들뜨기 시작했다.

바위 그늘처럼 비스듬한 곳에 작은 와불을 모셔진 곳이 있
었다. 아난다 수행 동굴과 사리불 수행터이다. 양초 공양을 많
이 한 흔적에 손을 대자 시커멓게 묻어났다. 와불 앞까지 고개
를 숙이고 허리를 굽혀 공양금을 올렸다. 삼배를 마치고 뒷걸
음치는데 머리가 천장에 '쿵' 했다. 비바람을 피하여 수행에 여
념이 없을 정도로 아늑한 장소다. 굴 입구에 아난다와 사리불
표시의 글이 영어로 씌어 있다.

마지막 계단을 올라 제단 앞으로 갔다. 비구니스님 두 분이 마무리하고 있었다. 이를 어쩌나. 며칠 전 사르나트 박물관 안에서 부처님의 염화미소 설명을 같이 들었던 분들이다. 제주 우리 절 일행 40여 명을 그곳에서 만났다. 반야심경을 목탁에 맞추어 염송하는 소리가 낯설지 않았던 음성이었다.

한국 순례객을 마주하니 다시 한번 반가웠다. 동족이어서 종교가 같아서 통했을까. 하기야 요즘에는 종교가 달라도 순례 객에 합류도 한다. 이런 인연도 다시 만나지 못할 듯하다. 우리 절 방문은 처음이지만, 이를 계기로 초파일에는 연등을 밝히려고 찾아갔었다. 스님 성정답게 길게 들어가는 길 양쪽에 꽃이 만발하여 방문자를 기쁘게 하였다.

붉은 벽돌로 사각형 재단도 훌륭하게 쌓았다. 꽃목걸이가 영축산 제단에 즐비하게 걸렸다. 다기 물 관리하는 인도 스님이 계셔서 질서를 유지 시켰다. 꼭대기에 오르고 보니 낭떠러

지 절벽이다. 발을 헛디디면 구출도 못 할 정도다. 험한 길이어서 반대편 산에 일본사람이 세운 케이블카도 보였다. 케이블카 탈까 했는데 방향이 틀렸기에 힘들어도 걸어오기를 잘했다.

이형 법사님은 법복으로 갈아입고 목탁을 꺼냈다. 과일 공양을 올리며 우전차를 우려내 가져간 보온병을 꺼냈다. 여러 나라 사람이 제단 앞에서 삼배를 자주하였기에 서둘렀다. 목탁 소리에 맞추어 법화경전 중에서 '관세음보살 보문품'을 같은 목소리로 읽었다. 비록 마이크 지참은 없었으나 12인이 같은 음성으로 목탁 소리를 벗 삼아 울려 퍼지게 법공양 올렸다. 큰 바위들이 엉켜있는 곳이면 '달라이라마승' 액자를 세워놓은 곳도 있었다. 중국의 만행에 인도 북부지역으로 망명 중인 티베트의 고승 액자도 이곳에서 염원한다. 다종교를 가진 인도에서 여러번 만나는 일이었다.

찾아 나선 수행처

    성지순례에 동참할 때마다 기도가 무엇인지 궁금 점은 해소되지 않았다. 의혹을 찾아 떠나는 나는 전생에 무엇이었나.

    출국심사장 줄은 더딘 걸음이다. '상월결사 108 스님 순례단'과 여러 팀이 인도 행을 기다리고 있다. 부처님 가르침을 되새기는 순례 단에는 불교방송 취재진이 동행하였다. 내 앞에 서 있는 스님이 43일간 1,167km를 걷는다고 말했다. 참여하는 스님은 사전에 23일 동안 300km씩 열 번의 검증을 마친 순례 단이다. 스님들은 머나먼 길을 걸으며 무엇을 얻으려 할까.

2023/02/16 13:54

이틀 후, 前正覺山 앞에서다. 인도는 국토가 넓어 대부분 농사에 의지하는 농업국이다. 건기에는 길가의 나무조차 흙먼지를 희뿌옇게 뒤집어쓰고 물도 귀하다. 시골길로 접어들자 산머리에 풀 한 포기 없는 산이 다가왔다. 전정각산은 마치 용이 꿈틀거리듯 번쩍거리며 기어오르는 바위산이다. 버스 주차장도 정해지지 않고 아무렇게 세웠다. 고타마 싯다르타는 굴속에서 수행했지만, 정각을 이루지 못하여 그림자만 남겨두고 떠났다. '유영굴'이라 불려 불교 순례 10대 성지에 포함될 곳이라 한다. 남겨진 그림자가 도대체 무엇이고 어디에 있으려나.

전정각산(前正覺山)에 가려면 버스에서 내린 후, 비탈진 길을 30여 분 올라가야 한다. 인도에서 흔히 볼 수 있는 일은 어린아이와 애를 안은 젊은 여인, 나이 든 노인까지 길가에 앉아 구걸하는 모습이다. 카스트 계급 신분이 없어졌다지만, 불가촉 천민은 그대로 남아 있다.

길은 지그재그로 경사지게 올라갔다. 아픈 허리를 구부리고 일행을 쫓아 걸음을 재촉하였다. 열댓 살 되어 보이는 남자아이가 물건이 담긴 상자를 어깨에 살짝 올렸다. 지팡이 2개를 들고 쏜살같이 좇아와 "no money!"를 반복한다. 그 아이가 도움을 준다는 말인데 과자인지 지팡인지 구분이 서지 않았다. 아무리 말려도 나보다 앞섰다가 뒤서기를 반복하며 지팡이만 내민다. 갑자기 아이가 막대기만 들이대어서 안내원을 찾았다. 100루피를 주어도 손으로 내젓는다. 안내원은 지팡이를 받고 내려올 때 돌려주라고 하였다.

경사진 유영굴 턱밑까지 30여 분을 걸었더니 땀이 많이 났다. 굴에는 참배객이 많다. 안내원은 그곳 쉼터에서 파는 차이 한 잔씩 12명의 도반에게 대접했다. 생수보다 차이 한 잔이 갈증 해소와 활동할 힘이 된다는 말을 덧붙였다. 잠시 유영굴을 뒤로하고 앞을 내다보니 바람맞이가 되고 멀리까지 보였다. 중간 마을에 보이는 하얀색 건물은 법륜스님이 세운 학교와 병원이라고 하였다. 이미 굴 입구에는 대만 순례객과 미얀마 순례객이 바위 그늘에 따로 앉아 저들만의 언어로 설법을 듣고 있었다. 각기 다른 모자를 쓰고 하얀 옷과 갈색 단체복으로 구분되는 사오십 명이었다.

　부처님이 수도하였다는 바위굴 안으로 비집고 들어갔다. 그 시절에도 바위 그늘에 의지하여 돌 틈에 앉아 비바람만 피했을 듯하다. 지금은 문을 만들어 수행자가 지키고 있다. 굴 안에는 부처님이 모셔졌고 보통 후불탱화 자리가 처음 보는 광경이다. 바위 그늘처럼 여겨지는 비스듬한 전면에 회색으로 칠해졌다. 후불탱화 자리에 검은 페인트칠을 하여 금색으로 사각 띠를 둘렀다. 부처님 광배 자리로 추측하는 곳에 금색 동그라미가 그려졌다. 항마촉지인 수인을 한 등신불은 부처님이 6년 고행하

며 앉았던 자리에 모셔져 있다. 누군가 살은 빠지고 갈비뼈만 드러낸 고행상을 조그맣게 조성해 놓았다. 숙연해진다. 비좁은 곳에서 삼배를 올렸다. 두 부처님은 우리에게 무엇을 말하려 하는 것일까.

카필라성에서 왕자의 지위를 버리고 나온 고타마 싯다르타는 중생을 제도하려고 29세에 유영굴 안으로 들어갔으나 답을 찾지 못했다. 그림자는 어디에 걸쳐두고 왔는지 찾아보아도 흔적이 없다. 후불탱화 자리의 커다란 검은색 보자기를 그림자로 여기고 있는지 궁금하다. 빽빽이 들어선 참배객이 많아 명상도 못 하고 선 자세로 삼배만 드리고 나왔다. 바로 옆의 작은 굴로 들어갔다.

작은 굴은 머리가 부딪칠 정도로 천장이 낮다. 안에는 온통 벽면이 시꺼먼 그을음으로 차 있다. 양초공양과 향공양으로 얕

은 공간은 쉽게 그을렸다. 이 공간에도 황금 부처가 나지막하게 고행 수도상으로 앉아 있다. 불전을 올리며 참배하는데 옆자리에 앉은 타국 스님이 손짓한다. 검은 자이나교 부처였다. 또 다른 굴에는 티베트 불교의 달라이라마 사진을 놓고 마당에 소염부 탑까지 세웠다. 탑의 중심부에 커다란 눈이 있어 매직 아이로 여긴다. 이렇게 인도에는 여러 종교가 한 공간에 공존 공생하며 살아가고 있다.

　내려오는 길이다. 지팡이를 찾아 돌려줘야 할 마음이 앞섰다. 남자가 건네준 지팡이 덕분에 양쪽을 짚으며 경사로를 편하게 올랐다. 지팡이 주인은 쏜살같이 나를 찾아 바짝 쫓아왔다. 이젠 적극적으로 5달러를 주라 한다. 과자를 사서 길에 앉아 있는 사람에게 나눠주라는 시늉이다. 거역할 수 없어 과자를 사서 나누어 주었다. 내려오는 길가에 앉은 불가촉천민은

어른아이 모두가 서로 옆에서 무언(無言)의 손만 계속 내민다. 안내원은 과자가 턱도 없이 모자람을 보고 작은 루피를 환전해주었다. 루피 100장은 금방 동이 났다.

　구릿빛 주름이 가득하고 노쇠한 할머니는 우유 한 잔이라도 살

수 있을지 미안한데 두 손으로 공손히 치켜든다. 새까만 눈동자가 마주쳤다. 저 사람은 전생에 내 할머니였는지 따뜻한 눈물이 고였다. 처음으로 감사함을 눈으로 교감한 노인이다. 보시하는 순간만큼은 나의 허기진 배를 대신 채워주는 느낌이었다. 젊은 시절에도 불가촉천민이었으니 농사도 못 짓고 어떻게 살았을지 처량하다.

유영굴을 오르며 중생구제에 나섰던 스님. 지금 마음은 어떠하실까. 어린아이에서 청년이 될 때까지 무료 교육과 급식을 통하여 얼마나 다가섰는지 궁금하다. 유영굴 안의 금띠 두른 검은색을 보자기라 여겼을까. 스님은 찾아 나선 수행처에서 아직도 수행이 끝나지 않았나 보다. 마을 사람에게 보자기를 풀고 싸기를 반복하고 있으니 말이다.

상월결사 108순례 단 소식은 우리가 귀국한 20일 후 조계사에서 '순례단 회향식'을 하였다. 더위와 배탈과 체력 고갈에 정법을 찾아 나선 스님들은 보리도(菩提道)를 이루었으리라. 인도에서 등불이 되어준 스님의 고행은 별이 되어 반짝거린다.

나는 한 줄로 서서 몰입하여 걷는 자비만행(慈悲萬行)을 바라보며 허기로 찼던 순례 욕망이 부끄러워졌다. 오늘도 참회진언을 외운다. 옴 살바 못자못지 사바하.

열반당을 찾아

　부처님이 열반 당시에는 아난다에게 '자등명, 법등명.'을 설
하였다. 다비의 방식을 여쭙자 재가 신도가 할 일이라며 수행
자는 수행을 게을리 하지 말라고 당부했다. 다비 후 부처님을
기리는 재가자들이 열반상을 조성하였다.
　그동안 이슬람 침입으로 열반당은 황폐화하여 흙과 정글에
파묻혔다. 길이 6m의 열반상은 열반당에서 1.5km나 떨어진

강바닥에서 발굴되었다. 열반당은 1879년에 복원되었다. 지금
의 열반당은 1927년 두 분의 미얀마 스님이 재건하여 현재에
이른다.

이형 법사는 차에 오르자 무심한 마음으로 바라만 보라고
한다. 15일 동안의 성지순례 동안 의식집전을 계속하기는 처
음이라 하였다. 일흔 중반 나이에도 돋보기 없이 버스 안에서
내림 목탁으로 집전하였다. 국내 성지나 짧은 집전은 10일까
지는 의당히 했다는 법사이다. 먼 거리를 이동할 때는 새벽 4
시에 일어나 버스에 타면 날이 밝기를 기다려 목탁을 쳤다. 일
행은 법요 의식을 매일 아침 차 안에서 거행하여 부처님 성지
를 제대로 순례하는 기분이다.

바이샬리에서 쿠시나가르로 향했다. 쿠시나가르는 부처님
이 열반에 들자 지축이 흔들리고 주변 곳곳에 아름다운 향기가
피어났다는 도시이다. 바이샬리에서 자동차로 출발하여 5시간
을 달렸다. 부처님 제세 시에는 3개월 동안 걸었다는 길이다.

열반당 근처의 이라나와디 강은 부처님 가슴처럼 살아있는
강이다. 부처님이 마지막 마신 물이며 다비(茶毘)한 강이다.
이라와디 강물이 갠지스로 흐르니 갠지스의 항하사에는 부처
님의 체온이 묻어 있다고 믿는다. 안내원은 부처님 열반 직전
의 느낌을 전하려 설명에 혼을 쏟지만, 지금의 강가는 오염되

었다. 넓지도 않은 강가에는 쓰레기로 눈에 거슬리고 많은 잡
초 사이에도 물이 정지되어 푸른 거품이 일고 있었다.

　열반경에서 아난다는 이렇게 전한다. '세존이시어, 이 보잘
것없는 마을에서 입멸하지 마시고 넓은 곳에 가시는 편이 좋을
듯합니다.' 그렇게 말해서는 안 된다며 아난다의 말을 막고 "이
쿠시나가르야말로 대선견왕 시대에 큰 도시로 왕성했던 곳이

다." 부처님은 왕궁 떠나 출가한 뒤 정각을 이루고 50년 만에
고향으로 돌아가는 여정이었다.

쿠시나가르는 부처님이 마지막 법문을 설하여 사라쌍수로
기억하는 도시이다. 경전에 자주 나오는 사라쌍수이다. 부처
님은 사라 나무 두 그루 사이에서 열반에 드셨다.

"아난다여, 너는 오랫동안 나를 섬겨 왔다. 슬퍼하거나 한탄하지 말라. 언젠가는 헤어지지 않을 수 없다."라며 마지막 법문 내용이 경전에 있다. 부처님은 아난다에게 사라 나무 사이에 가사를 네 겹으로 접어 자리를 마련하게 했다. 평소처럼 오른쪽 옆구리를 바닥에 대고 발을 포개어 모로 눕는다. 이 모습이 지금 열반상의 근원이다.

제철도 아닌 꽃비가 부처님 온몸에 흩날렸다. 사라 나무 꽃이었다. 이곳을 사라쌍수라 하고 기념하기 위해 지금도 심어져 있다. 높은 키의 사라 나무는 밑둥치에서 1m 높이까지 하얀 칠을 했다. 벌레가 오르지 못하도록 병충해 방지를 위해 농약 대신 칠을 하였다.

하얗고 둥근 건물은 붉은색 벽돌의 높은 기단 위에 서 있다. 멀리서도 하얀 열반당만 바라보면 부처님 다비 하신 다음이 서러워 눈물이 났다. 마하가섭 존

자는 부처님 열반 소식을 듣
고 머나먼 길을 달려왔다. 염
화미소의 상징이며 老비구로
표현된 상수 제자였다. 다비
장에 불이 붙지 않을 때였다.
가섭이 도착한 후 부처님 발
을 어루만지며 슬퍼하는 의
식을 하자 다비장에 불이 붙
었다는 설도 있다. 아난다는
부처님께 평생을 시봉(侍奉)
하였다. 근처의 사라림에서
수행하던 수발타라 존자는
총명하고 지혜 많아 아라한
과를 얻은 마지막 제자이다.

　　일행 13인은 사라쌍수에
서 부터 2m에 이르는 직사각형의 황색 가사 천을 한 귀퉁이씩
붙잡고 열반당으로 들어갔다. 석가모니불을 부르며 계단을 올
랐다. 2층 높이의 열반당 안에는 둥근 천장과 창문 이외에 아무
것도 없다. 양쪽 벽면에는 여러 나라 승려가 누런 가사를 입고
가부좌를 틀어 앉아 묵언 중이다. 수행자들은 종파를 넘어 순례

하다가 여비가 떨어지면 열반당 안에 앉으면 약간의 여비가 모인다는 말을 들었다. 열반당을 방문하는 순례객은 한 분 한 분 수행자에게 조그만 보시를 드린다.

일행은 석가모니불을 나직이 부르며 와불상 주변 한 바퀴를 돌았다. 가사 불사는 부처님 발에서부터 대좌 안에 계신 인도 스님의 안내로 천천히 와불 위에 준비한 천을 얹어 놓는 의식이다. 유리관 안 대좌에 서 있던 인도 스님은 종일토록 가사 올려놓는 소임을 한다. 우리 일행이 가사를 입히자 스님은 아래편 가사 위에 꽂힌 꽃을 떼어 우리 일행에게 주었다. 꽃을 받은 보살은 20번이나 인도를 방문하는 중 처음이라며 필시 무엇을 암시하는지 좋아하였다.

    무소유의 의미를 되새겼다. 참 가르침을 열반당 안에서 받는다. 건물은 2층만큼 높은데 둥근 지붕 내부에는 창문만 있을 뿐 부조물이라곤 강가에서 발굴된 열반상만 누워있다. 죽음 앞에서 빈손임을 깨닫게 하고 있다. 불전을 올리거나 공양물 일체를 놓는 재단이 없다. 유리관 안에 누워있는 부처님 머리 옆 협소한 자리에 세 가지 과일 몇 개만 있다. 불전이라고는 부처님 법륜상이 새겨진 발아래 공간에 작은 지폐가 약간 있을 뿐이다. 불자의 자세를 배운다.

　　열반당은 보는 각도에 따라 부처님 상호가 세 가지로 보였
다. 부처님의 염화미소가 새롭게 다가온다. 모난 데가 없다.
열반상 대좌 기단에는 마지막 공양을 올린 춘다와 마지막 제자
수발타라, 멀리서 온 10대 제자 가섭존자와 평생 시봉한 아난
다가 슬퍼하는 모습이 조각되어 있다. 아난다는 너무 슬퍼 뒤
돌아 앉아 합장하였는데 그 조각상을 처음 보았다. 설명을 듣
는 순간 왈칵 목울대를 적셔 왔다. 옆 칸에 부처님 전생의 생활
상 몇 부분이 조각되었다.

　　참배객이 밀려들자 열반당 밖으로 나와 건물 뒤로 돌았다.
높이 3m 정도의 높은 기단은 붉은 벽돌로 되었다. 원형 탑이

육중하게 서 있다. 부처님 진신사리 탑이었다. 진신사리 기단 뒤쪽에는 조그만 탑 하나가 있다. 아난다 탑이라고 팻말에 새겨졌다. 시자 아난다는 죽어서도 탑이 되어 부처님 곁에서 시중들고 있구나. 변하지 않는 마음상(像) 조각에 뭉클해졌다.

광명 진언을 외워 본다. 옴 아모카 바이로차나 마라 푸드라 마니 파드마 즈바라 프라바르타야 훔.

〈2024. 4. 혜향원고 22호〉

꽃 등불

　오래 전, 경전 공부 중에 지도 법사 스님이 여러 사진을 가져왔다. 방바닥에 16절지 크기의 코팅된 30여 장의 사진을 늘어놓으며 마음에 든 것을 고르라 했다. 고른 다음 자기 느낌을 설명하면 실지 정답과 맞는지 알아차리는 공부였다.

　밤에 찍은 연꽃인 줄 알고 합장한 사진을 골랐다. 하지만, 생각의 차이였다. 그 사진은 갠지스에 띄워진 꽃 등불이었다. 그때부터 인도에 가면 꼭 꽃 등불을 띄우리라 곱씹었다.

인도 순례에서다. 저녁이 되자 바라나시 갠지스 강 순례에
나섰다. 강가까지 내리막길 거리에는 옷깃을 스칠 정도로 사람
이 북적인다. 꽃 파는 어린이 두 명은 경쟁하듯 쫓아온다. 바나
나 잎으로 작은 접시 모양을 만들어 꽃과 양초를 놓았다.

열 살도 되지 않은 여자아이는 5달러라고 반복한다. 천천
히 걸으면 포위당할 듯하여 빨리 걸었다. 그 아이는 나를 앞서
며 길을 막아서기도 하였다. 50루피를 주어도 막무가내이다.

바구니 든 모습이 귀여워 사진을 찍으니 적극적으로 뒤쫓는다. 꽃 접시는 단체에서 샀다는 일행의 말에 사탕 한 줌을 꺼내주어도 막무가내로 왔다.

　가트 계단을 지나 일행이 탄 목선에 오르자 여자아이는 옆의 목선으로 뛰어올랐다. 인도 말은 알아듣지 못하여 어리둥절했더니 사진 찍은 대가를 요구하는 듯하다. 작은 달러나 루피도 모자라 천 원씩 두 명에게 주었더니 만족하지 못하나 보다. 입이 닷 발은 나왔다.
　열대엿 살 되어 보이는 남자아이는 우리가 탄 목선을 몰았다. 다비장 가까이에 이르자 배 안에서 꽃 등불을 피웠다. 꽃 접시에 강바람을 등지고 불을 붙였다. 불이 꺼지지 않게 천천히 강물에 내려놓았다. 꽃 등불은 이곳저곳에서 빛을 발하니 강 위에 피어난 연꽃으로 보였다.

　강 물결이 출렁임에 꽃 등불도 살랑살랑 시소를 타고 있다.
다비장의 영혼도 강물에 흐르며 좋은 곳에 태어나기를 바란다.
꽃 등불은 한없이 흘러 신에게 가까이 다가설 듯하다. 바나나
잎이 강물을 정화 시켜 주니 골칫거리 꽃 접시도 아니다. 어두
워지자 여기저기서 띄우는 꽃 등불로 물결을 타고 있다. 연꽃
이 밤에 무수히 피어난 듯하다.

　다시 목선을 탔다. 갠지스의 불빛이 광을 내기 시작하니 가
트가 더 화려해지고 있다. 안내원은 어두워진 강물의 색깔이

일몰에 따라 붉은색이었다가 푸른색, 하얀색, 노란색을 실감할 것이라 한다. 강물에 노을은 푸른색으로 바뀌었다. 빛처럼 꽃 등불은 흘러갔다.

경전 공부 중에 찍었던 검정 바탕의 꽃 등불은 찍어내지 못했다. 달빛 아래에서 꽃 등불은 하얀색으로 나타날까. 그렇다면 컴컴한 그믐날 밤에 찍으면 스님의 사진처럼 나타날 수 있으려나. 갠지스강은 신성한 곳이었다. 그곳은 사계절 동안 쉬는 날 없이 노천 다비장 앞에서 꽃 등불을 피워대고 있다. 목선을 몰던 남자아이는 학교 갈 나이에 가족의 생계를 책임지고 있다.

〈2023. 10. 21. 삼다일보 해연풍〉

예쁜 여인

보팔역은 타지마할로 가는 환승역이다. 동료 중 한 명은 20
여 년 전 모습 그대로라 한다. 몇 번이나 계단 오르고 내리기가
힘들어 큰 가방은 짐꾼에게 맡기기로 했다. 대합실 안에는 가
방이 스칠 정도로 인파가 많다. 안내원이 나누어주는 기차표를
소지하여 플랫홈 찾아가는 곳도 한 눈 팔면 길을 잃는다.

짐꾼은 붉은 옷에 금속성 완장을 찬 남자들로 공식 허가 되
었다. 그는 머리에 빨간색 똬리를 틀어 큰 가방 두 개씩 올려놓

고 다른 손으로 30kg나 되는 무거운 가방을 민다. 또한, 오래 터득한 요령으로 계단을 오르고 내리고 반복하고 있다. 신체 건장한 남성과 팀장도 같은 짐꾼이다. 도착지에 따라 플렛홈이 달라서 짐꾼을 따라 걷기만 해도 다리 아프다.

우리가 탈 기차는 KTX급에 해당하였다. 기차는 영국이 인도를 점령했을 때부터 대륙이 넓으니 목화를 운반하려고 놓았다. 목적지까지 기차를 타도 이틀 걸리기는 보통이다. 좌석이 없으면 입석표를 끊고 바닥에 눕기도 다반사라 한다. 짐꾼이 가져온 동료의 가방을 한군데 모으고 나무 의자에 앉았다. 열차를 기다리는 사람으로 빽빽이 서 있다. 일어서면 다른 사람이 바로 비집고 앉아 자리 교체가 빈번하다.

기차에 오르자 동료들의 좌석은 두 칸으로 흩어졌다. 한 칸도 긴데 두 칸을 지나야 C11 좌석이다. 내 자리는 창가다. 중

년의 인도 여인이 창가에 앉아 있다. 장시간을 타야 해서 내 자리에 앉았다. 우리나라 KTX같이 기차 칸의 가운데에 테이블이 놓여 순행과 역행으로 나뉘어 있다. 이 기차에서는 직원이 기내식을 식판에 놓아 차이 차를 곁들여 가져왔다.

창가 자리에 앉자마자 기차에서 일몰을 보았다. 석양이 저물고 있어 황혼 느낌이다. 멍 했다. 이제껏 이루어진 일은 무엇인지 회상한다. 남은 인생을 어떻게 보낼까. 내 나이와 일몰은 닮았다. 점차 지는 해는 붉은빛을 잃어가며 구름 속으로 숨어들고 있다.

내 옆에 앉은 인도 여인은 보통 미인이 아니다. 눈매가 예뻐 동경 대상이었던 오래전 인도 여인보다 옆자리 앉은 여인이 더 예쁘다. 주황색 사리 옷을 입어 짙고 긴 속눈썹의 조그만 얼굴은 미인대회에 나감직한 여인이다.

2월 중순의 인도 날씨는 변화가 심하다. 아침에는 11도 낮에는 28도라더니 춥고 덥기를 반복해서 옷 맞추기 힘들다. 껴입었다가 더우면 벗는 일이 다반사다. 옆자리 여인은 털모자까지 썼다. 30분쯤 지나자 "Where are you from? Japanese?"라고 말한다. 한국인이라는 말에 웃는 낯으로 환하게 반긴다.

그녀는 6시간 넘게 걸리는 야간열차 안에서 농장의 풍경을 영어로 말해주고 있다. 아그라까지 보통열차는 30시간 걸리지만, KTX를 타니 7시간 정도라는 얘기다. 차창에 비치는 바나나농장이 자랑스러운가 보다. 갠지스강과 바나나는 정화작용을 하며 꼭 필요한 관계라고 부지런히 설명한다.

둘은 떠듬거리는 단어로 대화하였다. 발음이 서툴러 한 단어만 알아들어도 눈을 마주치며 좋아하고 즐거웠다. 갑자기 밤하늘의 별을 바라보라 하였다. 공해가 없어서인지 수많은 별이 깨끗하다. 그녀는 내가 메모하던 공책을 달라며 뒷면에 영어로 재차 문장을 쓴다. 인도에는 농사를 많이 지어서인지 채식주의가 만연하다. 공책에는 빈자리가 없게 그녀와 주고받은 단어로 가득 채웠다. 그 글은 상형문자가 될지라도 오래 보관하고 싶어졌다.

친절하고 예쁜 여인은 바이샤 계급으로 아그라에 내릴 때 도움을 주었다. 아그라 역은 2분 사이에 많은 인구가 움직인다. 안내원은 내 옆의 여인에게 부탁하였다. 흩어진 일행과 짐을 제대로 내려야 하니 찾아다니며 내릴 역 놓치지 않기를 알렸다. 바삐 움직이던 안내원은 기차가 멈추는 순간 가방을 받아줄 짐꾼을 찾았다.

아그라 역은 타지마할로 가는 사람들로 언제나 가득하다. 세계 인구 1위 다운 인도의 기차역이다. 인구이동이 많은 인도

에서 여자들만 사용하는 대기실이 있었다. 수유실과 공동 샤워장도 넓다. 여자대기실에는 카스트 계급의 바이샤, 수드라 여인이 섞여 앉아도 가능하다.

고풍스러웠던 여인, 플렛홈에서 만난 엄마와 딸, 기차 안 예쁜 여인이 보고 싶어진다. 그들도 아기를 키우면서 이 대기실을 이용했을지 싶다. 다종교가 인정되는 인도에서 계급타파 되었어도 빈부의 차를 줄이지 못하는 점은 어떻게 해결할까.

생각하는 남자

　　새벽에 갠지스를 다시 찾았다. 바라나시를 찾는 순례객은 '어머니 강'이라 불리는 갠지스에 꼭 들린다. 인도는 힌두사상인 시바神으로 가득 찼다. 시바신은 파괴와 창조의 신이다. 이들은 노천 다비장에서 마감하는 삶을 윤회와 환생의 도구로 삼는다. 힌두사상에서는 물의 축제라 하여 한 달에 한 번씩 갠지스 가트에서 춤추며 행한다.

해뜨기 한 시간 전, 바라나시에 도착했다. 비스듬한 내리막 길을 따라 강가로 내려갔다. 지난밤 빽빽하던 인파는 다 어디로 갔을까. '항하사' 뒤쪽 구름 사이로 솟아오른 태양은 젖은 이슬을 점차 녹이고 있다. 강 위의 다리도 끝에서 끝이 보이지 않는다. 강물이 출렁이며 부는 바람은 상쾌하고 깨끗하다. 말로만 들었던 갠지스강은 어머니처럼 품이 넓다.

어젯밤의 축제광경은 불꽃과 음악으로 광란의 도가니였다. 그 느낌대로라면 아침이 오지 않을 듯하였으나 조용하다. 어젯밤 7명의 제사장은 일산(日傘) 아래에서 의식을 치렀다. 아침이 되자 음악은 없다. 향과 횃불을 들었던 제사장 중 두 사람은 향로에 많은 양의 향을 피워 돌려가며 춤춘다. 긴 횃불을 들고 머리, 가슴, 몸, 다리 순서로 돌리고 또 돌렸다.

단 아래에서 대기하던 힌두인은 제사장의 기운을 받으려고 이마에 붉은 염료를 묻혔다. 다비장 계단의 장작 무더기도 그제야 보였다. 다비장과 축제의 연결고리가 궁금하다.

흘러가는 강물을 무심히 바라보는 수행자가 눈에 띄었다.
이른 아침에 나와서 동료들과 머물던 3시간 동안 통 위에 앉은
수행자는 꿈쩍도 하지 않았다. 강물과 하나 되게 무상 심심 명
상하다가 찰나에 깨달음을 붙잡으려고 오래도록 앉아 있을까.

힌두인 중에는 부자도 많다. 60세가 넘으면 가진 것 전부 집에 두고 수행자로 변신하여 집을 나온다. 그들은 새로운 몸을 받으려 묵언하며 죽을 때까지 갠지스에 묻히기를 소망한다. 무엇을 생각하며 고집멸도를 행하려는 일일까.

올라오는 길목이다. 길가에 창문 없는 상점 같은 곳이다. 불빛도 없고 여남은 명의 남성이 양반다리 자세로 앉아 있다. 머리는 산발한 채 언제 씻었는지 먼지와 때가 덕지덕지 묻어 보였다. 지긋이 눈감고 묵언 중이다. 바람결에도 성찰을 못 했다는 말인가.

남자들은 무표정이다. 세찬 바람이 불면 어디로 가려나. 노란 가사로 아랫도리만 감싼 사람, 머리에 하얀 터번을 두른 사람, 고수머리의 외국인 등 다양하다. 시바신(神)을 모시는 알몸 수행자도 앉았다. 분탕 칠한 남자는 눈을 내리감고 방하착하고 있으려나. 저 수행자는 이곳을 '유영굴'로 여겨 그림자만 남기고 떠나지는 않을 테지.

다종교를 모시는 인도에는 곳곳에 자이나교가 있다. 숲속에서 문명을 벗어나 혼자 사는 사람 같다. 부끄러움도 없고 신의 경지에 오르는 초자연적으로 생각하는 남자이다.

자이나 성직자는 축제 때 알몸으로 거리를 활보한다. 살아 있는 시바상이 우상이라면 인도에서 빈부의 격차도 사라져야 할 일 아닌가. 사르나트 법당에 모셔진 시바신도 하반신에는 가려질 가사 없이 가부좌 튼 무릎 위에 손을 얹었다.

갠지스에서는 삶과 죽음이 공존한다. 문명이 빠른 속도로 발전하여도 느리게 행동하고 있다. 강으로 돌아갈 때를 기다리는 남자들이 스멀거린다. 갠지스에 오는 사람은 생각하는 남자로 변하는 이유가 낯설 뿐이다.

〈2024. 9. 24. 제주일보 금요에세이〉

Chapter_6

불교방송 대담

〈뉴스왓 2020년 8월 30일〉

●출연 : 고미선 관장(우도남훈문학관장, 수필가)
●진행 : 장성수 교수(제주대학교 명예교수, 탐라성보문화원 감사)
●프로그램명 : 뉴스왓(제주 FM 94.9 MHz, 서귀포FM 100.5MHz)
●방송시간 : 2020년 8월 30일 일요일 오전 9시
　　　　　　(사전녹음 : 8월 28일 금요일 오후2시)

주말 아침,
세상의 다양한 이야기를
좀 더 깊고 넓게 다뤄보는 〈뉴스왓〉의 장성수입니다.

많은 이들이 글쓰기를 어렵게 느끼는 이유,
단순한 행위 그 이상의 의미가 있기 때문일 텐데요.
글을 통해
삶을 가꾸고 치유를 얻어온 분이 있습니다.
올해 대한민국 독도 문예대전 공모전에서
수필부분 1위 수상소식을 전해온 수필가이자
우도 남훈문학관을 지켜온 고미선 관장 모십니다.

안녕하십니까?

[질문1] 우선 축하드립니다. 수상 소식을 듣고 어떤 생각이 드시던가요?

경북예총에서 주관한 공모전이어서 특별상이나 우수상 정도 인가 생각했지요. 8월10일 자정이 지나자 경북예총 홈페이지에서 확인하는 순간 떨려서 새벽까지 잠을 이룰 수 없었어요.

우선은 개인보다 우도 초등학생 5명의 결과를 한 시간이라도 빨리 확인하고 싶은 마음이 앞섰지요.

학생 4명 명단을 먼저 확인했고 찬찬히 일반부를 살폈어요. 전체 대상에는 경북 김천고 교사의 시 부문이 차지했고. 저는 최우수상 1명으로 수필 부문 1위를 수상하게 되었네요.

[질문2] 대한민국 독도문예대전 공모전이 어떤 대회이며, 영예를 안긴 작품은 어떤 내용인지 궁금합니다.

올해는 제10회 대한민국 독도문예대전 전국공모전이었어요. 문화체육부와 교육부, 경북예총이 주최하고 독도대전에서 주관하는 문학, 서예, 사진 ucc등을 공모하였지요. 독도가 우리 땅이라는 알림에서 특이한 부분은 특별상 이상은 도록에 실려서 시상식 때 상장, 상패와 같이 배부되고 우수상 이상 수상자는 독도·울릉도 순회전 동참을 2박 3일간 실시합니다.

최우수상에 선정된 「배알로 배알로」 작품은 고래와 해녀의 바닷속에서 삶과 죽음을 노래했습니다. 제주 '수애기 카페'에 앉아 바다를 바라보다 돌고래가 튀어 오르며 유영하는 것을 보며 회상한 글입니다. 외할머니가 해녀였고 친정엄마가 해녀여서 독도 원산까지 물질 떠난 이야기입니다. 외할아버지가 독도 근처까지 몰았던 배에서 고래가 나타나자 배알로 배알로를 외치는 소리를 드러냈습니다. 고래의 죽음과 해녀의 삶과 죽음이 펼쳐졌어요.

[질문3] 이번 독도문예대전은 보살님을 비롯한 제주 문학인들의 역량을 한껏 드러낸 자리였다고 들었습니다. 그 어느 때보다 의미가 클 것 같습니다.

특별상에 우도초등학교 김승지 학생이 특선에 우도초등6년 김령경 5년 김재혁 5년 박유채가 받게 되었어요.

[질문4] 제주도민이자, 또 섬 속의 섬 우도에 계신 만큼 바다와 해녀에 대한 애정이 고스란히 드러나는 것 같습니다. 작품으로도 내시고, 해녀에 관한 이야기를 아이들과 나누기도 하시던데요.

특히나 우도의 아이들은 중학교까지만 그곳에서 공부합니다. 대부분 부모와 할머니가 해녀와 관련이 있고 학생들은 해녀 동아리를 구성하여 작년에도 활동을 많이 했어요.

[질문5] 앞서 수필가이자 우도남훈문학관 관장이라는 이름으로 소개를 했습니다. [우도남훈문학관]은 어떤 곳인지 궁금해하는 분들 많으실 것 같은데 이 기회에 좀 알려주신다면.

설립자이신 남훈선생은 미국에서 고국을 그리워하다 2012년 제주문화원과 우도면의 공동사업으로 한국에서 찾아간 이치훈 기자를 만나게 됩니다. 미국에 살면서 한국 문학에 많은 활동을 하신 전달문선생은 시인으로 문학 전재산을 우도면에 기증했습니다.

전달문시인의 부친은 제주로 피난 내려와 동문로터리에서 '전의원'을 개업했지요. 시인은 오현고 2학년 때 급우의 조혼으로 우도를 찾았다가 소녀가 독도 물질 나갔다는 비운의 소식을 듣고 한라문화제 때 학생부 장원을 했어요. 중앙대학교에 진학한 이후와 언론인으로 서울에 재직 시에도 우도 학교에 끊임없는 장학금과 도서 기증을 하고 백일장을 열어 줍니다. 미국에서 남가주 회장 역임 시에는 우도 주민 5명을 초청했고요.

2013년에 우도남훈문학관을 우도주민자치센터에 개관하고 도서 기증 3,000여 권으로 시작했지요.

저는 우도 태생이 아니고 2015년 LA 작가전시회에 참석했다가 전달문선생님이 저를 찾았어요. 한 달 후 만나자며 우도문학관에 방문해서 지시사항을 도와 드린 일이 지금에 이르렀습니다. 처음에 우도 주민이 맡아 주실 것을 간청했는데 오히려 저한테 책임 전가한 일이 계속 맡고 있습니다. 저는 2016년 9월 서초구에 있는 도서 기증 해외동포 운동본부에 찾아가 도서 80박스 3,200권을 기증받아 작은 도서관에 있어요.

[질문6] 문학관을 꾸리기가 말처럼 쉬운 일이 아닐 텐데 어떻습니까. 평소 운영도 그렇고 얼마 전 있었던 태풍에 혹여 피해는 없었는지 걱정도 됩니다.

문학관 사업은 일 년에 두 번 백일장을 열어 주는 일이 고인의 숙원사업이었습니다. 처음 사업은 제주문화예술재단에 공모하여 찾아가는 문학 교실 수업 2개 반을 따냈습니다. 자비 부담금이 포함된 사업이었는데 자본금도 없는 상황에서 저를 도와주는 불자가 계셔서 100만 원을 선뜻 내주셨습니다. 그 일이 계기가 되어 문학 강사를 고용하여 방과 후 문학 봉사를 하였더니 학생들이 외부에서 상을 타는 효과를 가져왔지요. 해마다 문학 수업의 결과물로 우도문단을 매년 발간하고 있습니다.

[질문7] (코로나 등)시기적으로 지금은 썩 좋지 않습니다만, 나중에라도 우도를 찾는 분들이 이곳에서 만날 수 있는 내용들을 미리 귀띔해주신다면.

월요일은 휴관입니다. 작은 도서관이랑 2층 공간을 나누어 쓰고 있습니다. 오후에 방문하면 문학관의 규모는 살필 수 있습니다. 희귀본은 전달문선생님이 미국에서 모은 국내 유명 작가의 서화와 친필본입니다. 서정주, 박목월, 성찬경, 구상, 김유신, 나태주 등의 작품이 있습니다. 유고 작가와 미국 작가의 작품집도 보관되어 있습니다.

[질문8] 작가님의 이야기로 다시 돌아와서~ 첫 작품집 이름이 『빛의 만다라』였습니다. 누구라도 불가와의 인연을 떠올리게 하는데요, 그보다 먼저 글과의 인연이 궁금합니다.

글을 쓰게 된 계기는 학창 시절부터 문예부 활동을 하였고 사회에 나와 현실에 안주하던 휴면기였지요. 30년이 지나 2011년 큰아들의 권유로 등단하게 되었습니다.

『빛의 만다라』는 2016년 문예 창작기금을 받아 내놓았어요. 2013년에 제가 암수술을 받으며 막연한 죽음과의 두려움에 발간하게 되었어요. 『빛의 만다라』는 22번의 항암 기간에 틈만 나면 유명 사찰을 찾았고 그중 BBS불교방송 TV에서 여래사가 만다라 성지라 하여 찾게 되었지요. 티베트에서 수집했다는 동휘스님의 만다라 걸개를 바라보며 소원성취 기도하고 신비로움에 가득 찼던 글입니다.

[질문9] 작품집 안에 투병 생활에 관한 내용도 있던데요, 병을 이겨내는데 글이 적잖이 위안을 주고 도움이 되기도 하시지요?

등단하여 글을 다시 쓰게 된 일은 투병 생활에 큰 도움이 되었습니다. 병실에서도 노트북을 펼쳐놓고 시간 나면 몰입했으니까요. 만약에 글을 쓰지 않았다면, 질병에 대하여 분노와 좌절에 꼬리를 물었을 테지요.

[질문10] 그런 마음이 있게 한 것이 바로 부처님의 가르침, 불교 아닌가 합니다. 언제부터 혹은 어떤 계기로 어떻게 부처님을 따르게 되셨습니까.

결혼하고 보니 남편이 수술 받은 후였어요. 공무원 생활도 접고 삼시 식사조절에 주력했어요. 시어머니는 절에 가서 빌라는 거예요. 우선은 천수경과 찬불가를 집에서 음악 듣듯 틀어놓았구요. 아침 시간에 시간을 정하여 독경하고 저녁에는 한 시간 법화경 사경한 일이 모아져 세 번이나 사리탑에 봉안했어요. 심한 갈등이 있을 때 사경은 많은 도움이 되었어요.

[질문11] 불자라는 이름으로 살아가는 많은 이들이 때때로 부처님의 놀라운 원력을 몸소 겪고는 하는데요. 혹시 그런 이야기를 간직하고 계시다면...

관세음보살보문품에 "만약에 아들 낳기를 원하면~ 구절이 나오잖아요." 손자 손녀는 기도 원력대로 몸소 체험했어요. 며느리가 유산 후 2년 동안 아이가 없었는데 아들 딸 아들 원하는 대로 세 명의 손자 손녀를 주셨어요.

[질문12] 저희가 알기로 친정 형제 가운데 유일하게 남은 불자시라는데, 어찌 된 일인지 궁금합니다. 건전한 믿음이란 종교를 불문한다지만, 그럼에도 불구하고 부처님이어야 한 이유라던가, 마음에 새긴 부처님 말씀이 있을까요?

친정엄마가 독실한 불자였구요. 아버지가 고모할머니 스님한테 절을 지어 헌정했어요. 7남매 중에서 저만 유일한 불자예요. 친정엄마는 결혼하면 시집의 종교를 따라야 갈등이 없다며 생불처럼 행동했어요. 제가 결혼할 때도 남편은 불자를 원했어요. 자연스레 절에 가게 되었고 고모할머니 절에 가서 괴로울 때마다 상담하기도 했어요. 저한테 처음으로 읽으라고 권해 준 경전이 「알기 쉬운 관음경」이었지요. 처음에 무슨 말인지 몰랐으나 열 번을 더 읽다 보니 모시는 경전이 되었고요. 어려움이 들면 진언대로 외우면 스르르 풀렸어요.
유일하게 형제간에 남은 불자여서 시어머니와 친정엄마의 사십구재는 제가 모셔드렸습니다. 중국 오대산 순례 갔을 때

두 어머니가 꿈에 나타나 고맙다는 감응을 받았어요.

[질문13] 글과 불법, 작가님에게 힘이 되는 두 가지가 업으로 이어지는 경험도 있었다고 들었습니다.

신행수기를 투고해 달라고 제주불교신문에서 의뢰 왔어요. 2003년경 중국사찰 순례 후였는데 신행 단체장이 추천했나 봐요. 몇 년을 청탁받을 때마다 제출하였고 객원기자가 되었지요.

[질문14] 최근에는, 부처님과의 연을 통해 중생구제를 실현해오신 제법스님의 책 출간에도 크게 기여하셨던데. 그 이야기들도 좀 듣고 싶습니다.

제법스님은 조계종으로 출가하셔서 관음사 안봉려관스님의 4대 상좌입니다. 관음사 창건 시주자였던 국성혜스님이 주석했던 진주 응석사에서 출가하셨고 시봉하며 같이 찍은 사진도 확인했습니다. 성혜스님을 법선스님이 시봉하며 경전 습의를 오래 하셨고 법선스님은 제법스님을 상좌로 두셨습니다.
제법스님은 출가해서 노인봉사를 주력해오다 만덕 봉사상 받으며 모아두었던 여러 가지 자료가 돌출되었답니다. 육지부

출판사에 의뢰했다가 진척이 없자 포기하고 제주에서 발간하게 되었지요.

　저와는 불교신문을 받아보며 제법스님이 비구니스님인데도 좋은 일을 많이 하고 있다고 감동하던 차에 출판사와 인연이 되었습니다. 「제법스님이 걸어온 길」 핵심은 봉사였고 사진 한 장 한 장 모은 일은 일기 쓰듯 수행을 게을리하지 않았더군요. 자서전이나 다름없는 부처님께 바치는 일생 수행을 통한 화보집이었어요.

[질문15] 그를 통해 삶을 돌아보는 것도 있지만 편집이라는 작업이 결코 쉽지 않거든요. 그 과정의 어려움이나 성장의 시간 등 여러 이야깃감이 있으리라 예상합니다.

　사진만 있고 때에 따라 신문 기사가 오래되어 누렇게 삭아가는 자료도 있었죠. 스캔하여 두고 내용을 묻고 붙임 글을 여러 차례에 걸쳐 교정하고 편집하는 일이 결코 쉬운 일은 아니었어요. 햇수로 2년이 걸렸어도 부처님 길이어서인지 편하게 했어요. 오자 탈자에 여러 번 신경을 썼지요. 한마디로 사진만 있는 자료에 설명이 따르는 옷을 입혔지요.

[질문16] 누군가의 작품을 돌보는 과정도 넓게 보면 작가로서의 작

품활동일 텐데요. 이것이 작품에서 그치지 않고 수행과 이어진다는 생각도 듭니다.

　　제법스님의 화보집이 세상에 나올 때까지 저는 부처님 모시는 마음으로 정성을 다했습니다. 행동에 조심하고 몰입하면 즐거울 수밖에 없었어요. 진도가 나아가고 다른 아이디어가 속출하고. 예를 들어 차례 편과 큰 꼭지 사이에 연꽃 그림도 강명순 화백에 의뢰하면 응해 주시고. 차례의 꼭지도 화보집 안에 들어있는 화백의 그림에서 축소판이라든지 아이디어가 번뜩거리더군요.

[질문17] 마음에 품은 것을 다듬어가며 드러낸 것이 작품이라면 또 늘 잘 되지만은 않잖습니까. 그럴 때, 어려움에 부딪힐 때 어떻게 풀어가시는지.

　　묵언으로 내면을 들여다보아요. 이삼일 후에 생각해 보면 바른길이 열려요.

[질문18] 앞서 제주의 자연인 바다와 해녀의 삶에 대해 풀어내셨다면, 또 다른 관심사도 분명 있지 않을까 합니다. 이것이 다음 작품에도 반영될 텐데요.

4.3 작품은 시어머니가 유족이예요. 2년 전에 96세로 돌아가셨지만 10여 년을 치매로 고생하셨는데 저의 집에서 3년을 모셨구요. 그 때에 4.3에 처형당한 부모님과 외삼촌을 부르고 제삿밥을 두고 갔다고 가져오라는 망상도 있었어요.

생각하는 작품이 있어요. 투병 후에 고개 들어보니 해외 성지순례도 못 해보고 죽는다면 내 삶이 너무 억울한 것 같았어요. 저를 후원해주는 회장님과 스리랑카, 미얀마, 치앙마이 치앙라이, 중국 오대산, 네팔, 티베트까지 성지 순례했는데 화보를 낀 기행 수필집을 내놓고 싶어요.

[질문19] 불자이자 작가, 문학관 관장이자 그 외 여러 역할을 수행해오고 계신데, 이를 바탕으로 만나는 세상은 어떠하고 앞으로의 삶은 어떠하면 좋겠다던가. 이번 시간을 준비하면서 든 여러 생각들 나누면서 오늘 이야기 마무리할까 합니다.

우도남훈문학관장 자리는 문학 봉사를 마치고 물려 줄 예정입니다. 문학의 꿈을 우도 학생들에게 심어준 자체로 만족하구요. 앞으로의 삶은 제가 제주문화원에서 신화인형극 봉사 단원이예요. 제주 신화를 통하여 노인당, 요양원, 병설 유치원을 방문하여 공연하고 있습니다. 글을 쓰다 보니 보는 관점이 달라져요. 글을 쓰지 않았다면 몸이 더 아팠을거예요. 글을 쓰고 교정하고 퇴고하는 과정이 행복해요.

　[장성수] 오늘은 글과 부처님 말씀으로 빚어지는 삶의 이야기들이었습니다.
　이 시간이 우리 삶에도 따뜻한 기운을 불어넣기를 바랍니다. 함께해주신 우도남훈문학관 고미선 관장님 반가웠고 고맙습니다.

　[고미선] 네, 감사합니다.　2020.8.30